EL ORLOJ DE LONDRES

La serie del Orloj: Vol. 4

Erasmus Cromwell-Smith II

Libros de Erasmus Cromwell-Smith

In English

The Equilibrist series
(Inspirational/Philosophical)
The Happiness Triangle (Vol. 1)
Geniality (Vol. 2)
The Magic in Life (Vol. 3)
Poetry in Equilibrium (Vol. 4)

Young Adults
The Orloj series
The Orloj of Prague (Vol. 1)
The Orloj of Venice (Vol. 2)
The Orloj of Paris (Vol. 3)
The Orloj of London (Vol. 4)
Poetry in Balance (Vol. 5)

En Español

La serie El equilibrista
Inspiracional/Filosófica)
El triángulo de la Felicidad (Vol.1)
Genialidad (Vol. 2)
La magia de la vida (Vol. 3)
Poesía en equilibrio (Vol. 4)

Jóvenes Adultos
Serie El Orloj
El Orloj de Praga (Vol. 1)
El Orloj de Venecia (Vol. 2)
El Orloj de Paris (Vol. 3)
El Orloj de Londres (Vol. 4)
Poesía en Balance (Vol. 5)

The South Beach Conversational Method (Educational)
• Spanish • German • French • Italian• Portuguese

El Método Conversacional South Beach (Educacional)
• Inglés • Alemán • Francés • Italiano • Portugués

The Nicolas Tosh Series (Sci-fi)
•Algorithm-323 (Vol. 1)
•Tosh (Vol. 2)

As Nelson Hamel*
The Paradise Island Series (Action/Thriller)
Dangerous Liaisons Miami Beach (Vol. 1)
The Rb Hackers Series (Sci/fi)
The Rebel Hackers of Point Breeze (Vol.1)

* In collaboration with Charles Sibley.

All books are or will be included in Audiobook

Para mis hijos:

"Los unicornios azules solo existen en la vida, si los podemos ver".

Tabla de Contenidos

Nota del Autor

Ninguna ciudad en la Tierra resulta más paradójica para la búsqueda del Orloj que Londres, donde no existe ni un solo reloj astronómico célebre y, sin embargo, las ilusiones prosperan en cada rincón. Si has viajado junto a estos seis jóvenes magos a través de las ilusiones medievales de Praga, los laberintos acuáticos de Venecia y las torres de reloj ocultas de París, ya sabes que la magia de cada ciudad **ha exigido** verdades morales más hondas: desde la humildad hasta la lealtad, desde la compasión hasta el respeto. Cada triunfo **reforzó** aún más el vínculo entre estos amigos y los puso de continuo frente a un adversario siempre atento al más mínimo desliz. Sus esfuerzos dieron fruto: en Praga obtuvieron el estatus de Aprendices de Mago; en Venecia ascendieron a Magos Jóvenes; y en París alcanzaron el rango de Maestros Magos.

Sin embargo, ninguna de las aventuras previas del Orloj nos preparó por completo—ni a ellos ni a mí—para la complejidad de Londres. Esta metrópoli oculta su «reloj astronómico» tras leyendas sobre el Big Ben y siglos de ilusiones secretas; un lugar donde el torbellino del tiempo se retuerce alrededor de los cuervos de la Torre y donde los ecos de la monarquía, con sus traiciones, pueden quebrar incluso al mago más orgulloso. Aquí las ilusiones acechan tras fachadas discretas; viejos mentores aparecen con acertijos crípticos o se esfuman en ráfagas giratorias antes de que **podamos siquiera** percibir su presencia real. Fuerzas oscuras—como el implacable Duende, que sobrevivió a los túneles de Praga, al laberinto de Venecia y a las ilusiones de París—intuyen que esta ciudad constituye nuestra prueba culminante. Cada virtud adquirida deberá ahora brillar con mayor intensidad que nunca, o será devorada por engaños capaces de explotar todas y cada una de nuestras dudas.

A lo largo de estas páginas, los Arlequines—más maduros y cautelosos—afrontan una cuenta regresiva de veinticuatro horas: **un desafío** que supera todas las pruebas anteriores vividas en las célebres ciudades relojeras de Europa. Londres carece de una fachada grandiosa de Orloj, pero su «mecanismo» intangible gira sin descanso, dispuesto a medir cada defecto o virtud que nos atrevamos a exhibir. Reúne todo lo aprendido en los tres libros precedentes: generosidad frente a avaricia, honestidad frente a traición, humildad frente a arrogancia, respeto frente a apatía y mucho más. En Londres, las ilusiones se hunden todavía más hondo, exigiendo no solo el dominio de hechizos, sino también el dominio de uno mismo.

Ojalá puedas adentrarte en esta capital oculta, sintiendo el zumbido de engranajes que ningún turista percibe y los tañidos silenciosos que resuenan en el filo del amanecer. Si Praga nos enseñó a descubrir nuestros cimientos morales, Venecia demostró la fuerza de la unidad, y París refinó nuestra mirada sobre la compasión y el respeto, entonces Londres revelará qué sucede cuando todas esas virtudes se enfrentan a una ciudad de espejismos sin una sola esfera visible, pero con incontables reflejos de nuestros propios corazones.

La prueba definitiva del tiempo ha llegado. **Comencemos.**

Prefacio

Isla de Skye, Escocia

(verano de 2058)

Los escarpados acantilados de la isla de Skye descendían de forma dramática hasta las inquietas olas del Atlántico Norte, envueltos en una bruma tan antigua como las rocas mismas. Aquí el silencio hablaba con más fuerza que las palabras, interrumpido tan solo por el grito ocasional de un ave marina o el suave murmullo del viento que atravesaba las colinas cubiertas de brezo. El lugar se sentía primigenio, como si contemplara en sigilo a quienes caminaban junto a su borde.

El profesor Erasmus Cromwell-Smith II y su querida compañera, Lynn Tabernaki, recorrían un estrecho sendero que bordeaba el precipicio, absorbiendo la serenidad de las Tierras Altas escocesas. El verano anterior había estado repleto de adrenalina en aguas bravas; ahora buscaban un viaje más contemplativo, explorando ruinas antiguas y trazando rutas entre piedras erguidas que, según los rumores, latían con una tenue resonancia mágica.

Aquella noche, ya instalados en su cabaña solitaria con vistas al mar, Erasmus avivó un modesto fuego. Lynn lo observaba desde una butaca tapizada, reconociendo ese silencio introspectivo que lo envolvía cada año al acercarse un nuevo curso académico.

—¿Listo para otro viaje nostálgico a tu pasado de mago? —bromeó suavemente mientras sorbía su té humeante.

Erasmus esbozó una leve sonrisa; las llamas se reflejaban en sus ojos.

—En efecto —respondió en voz baja. Mientras las brasas crepitaban, viejos recuerdos se agitaban.

Lynn ladeó la cabeza.

—No compartiste mucho sobre Londres el año pasado —insistió con un tono cuidadosamente medido—. ¿Qué lo hizo tan distinto?

Erasmus permitió que la pregunta flotara unos instantes, la mirada perdida.

—Londres fue… singular. Ya no éramos Magos Jóvenes; aquella ciudad nos puso a prueba de modos insospechados.

La intriga despertó en Lynn, que se aventuró a preguntar:

—¿Otra serie de relojes ocultos y Orlojs, supongo?

Erasmus soltó una risa suave, sus ojos chispeando con recuerdos remotos.

—Sí, solo que… el reloj de Londres estaba escondido aún más hondo. No había un gran «reloj astronómico» alzado en la ciudad. Sin embargo, las ilusiones prosperaban en cada rincón, y los viejos mentores aparecían de forma más enigmática que nunca. Fue un viaje entre apariencias y verdades, traiciones y lealtades, virtudes y vicios.

Lynn se inclinó hacia delante, la curiosidad brillando en sus pupilas.

—Entonces, ¿alcanzasteis otro nivel de magia?

Una sonrisa críptica cruzó el rostro de Erasmus.

—Más allá de Maestros Magos. La ciudad exigió una magia superior, una responsabilidad profunda que nos transformó para siempre.

Mientras la noche envolvía la cabaña, Erasmus se levantó y se acercó a la ventana. La luz lunar bañaba los acantilados con un pálido resplandor plateado; abajo, el mar susurraba.

—Y, al igual que en Praga, Venecia y París —dijo con voz apagada—, no he contado a nadie la magnitud de las pruebas de Londres. Los recuerdos han permanecido aquí —se tocó el pecho— hasta ahora.

La sonrisa de Lynn se ensanchó.

—Entonces volveré a estar presente, como siempre, aunque sea solo de forma virtual.

Erasmus le apretó la mano.

—No esperaría menos de ti.

El silencio bañado por la luna sobre Skye dio paso a los últimos días del verano. Mañana tras mañana, Erasmus y Lynn paseaban por las crestas cubiertas de brezo; las preguntas suaves de ella arrancaban fragmentos dispersos de sus recuerdos londinenses. Cada noche, el viento del Atlántico parecía traer susurros de los tañidos ocultos del Orloj, incitándolo a anotar ideas para sus próximas clases. Cuando las hojas insinuaron un otoño prematuro, Erasmus sintió una mezcla de nostalgia y anticipación: el equilibrio perfecto para iniciar otro año académico.

Pocos días después, la acogedora cabaña de piedra era ya un cálido recuerdo mientras abordaba el Hiperloop que lo llevaría de San Francisco al Instituto Central de Artes y Literatura. Al consultar su reloj, le hizo gracia—y le irritó apenas—comprobar que llegaba siete minutos tarde. Algunas cosas nunca cambiaban.

Instituto Central de Artes y Literatura
(otoño de 2058)

El Hiperloop zumbaba a través de su tubo de vacío, transportando al profesor Erasmus Cromwell-Smith II en su peregrinación académica anual. Vestido aquella mañana con un tweed burdeos profundo, sentía el habitual cosquilleo de emoción mientras el instituto se perfilaba ante sus ojos.

«En camino», escribió a Lynn, con una leve sonrisa en la comisura de los labios.

La respuesta fue inmediata: *«Sorpresa, sorpresa, llegas tarde»*.

Poniendo los ojos en blanco de forma juguetona, salió del Hiperloop instantes después —exactamente siete minutos tarde. Algunas tradiciones jamás cambiaban. Estudiantes y asistentes de realidad virtual abarrotaban el auditorio: quinientos en persona y un sin número más conectados de forma remota.

—¡Bienvenidos de nuevo! —saludó, proyectando una calidez que resonó en todo el salón.

—¡Qué bueno estar de vuelta, profesor! —respondió el coro.

Cuando el murmullo se apagó, Erasmus los recorrió con la mirada, un destello vivaz en los ojos.

—Este año viajaremos de nuevo a mi pasado, a un capítulo que he mantenido reservado. Permítanme llevarlos al verano de 2033. Con quince años, mis compañeros y yo llegamos a Londres, una ciudad sin un gran reloj astronómico, pero rebosante de ilusiones que empequeñecieron cuanto habíamos vivido. Allí fuimos más allá de la mera Maestría.

Hizo una pausa, contemplando el mar de rostros ansiosos, cada uno inclinado hacia él con expectación.

—La poesía y las fábulas eternas siguen siendo nuestras luces guía. Prepárense para ilusiones que confunden, virtudes que empoderan y verdades ocultas. Iremos despojando las capas de Londres hasta revelar el Orloj que los ojos mortales jamás contemplan.

Con una sonrisa apenas perceptible, bajó el tono hasta un susurro íntimo:

—Acompáñenme una vez más mientras desvelamos los secretos del Orloj de Londres. La historia comienza ahora…

Prólogo

Verano de 2033

Un silencio expectante se cernía sobre el Támesis en la penumbra previa al amanecer. Una niebla tenue y persistente flotaba en los márgenes del río, aguardando—al igual que Londres misma—un cambio extraordinario. Aunque el bullicio de la ciudad continuaba, pequeños rincones parecían quedar extrañamente suspendidos, como si el tiempo mismo titubeara. Bajo las farolas, cerca de la Torre de Londres, siluetas parpadeaban y se desvanecían; en una esquina desierta de la estación de Paddington, un remolino de color destelló y después se esfumó. Sutiles ilusiones susurraban que algo profundo estaba a punto de desplegarse.

En lo alto de una terraza con vistas a la cúpula de San Pablo, el señor M. emergió del recuerdo. Una media capa ondeaba alrededor de su figura espectral—uno de los antiguos mentores Equilibristas, regresando en una aparición fantasmal. Con una media sonrisa, alzó la mano enguantada, ajustó un sombrero de copa invisible y, acto seguido, dirigió la mirada al cielo.

—Estarán aquí pronto… Equilibrio, queridos. Equilibrio para el acto final.

Un instante después se deshizo en cintas de color giratorias, dejando únicamente el leve zumbido del tráfico distante.

Había pasado un año desde que seis jóvenes magos—Blunt, Reddish, Firee, Checkered, Breezie y Greenie—habían alcanzado la categoría de Maestros Magos bajo las ilusiones del Orloj de París. Cada ciudad previa—Praga, Venecia, París—había comenzado con una prueba, había revelado virtudes y defectos, y los había recompensado con unidad y nuevos poderes.

En efecto, no se borraron de la vida de nadie durante aquel año. Aunque todos regresaron a casa tras París, mantuvimos vivo nuestro grupo de chat; de modo que, cuando las sutiles señales del Orloj señalaron Londres, concertamos un nuevo encuentro.

Ahora, al aproximarse el aniversario, sus mentores insinuaban que Londres los aguardaba: sede de monarquía y misterio, donde no se conocía un «reloj astronómico» singular. Sin embargo, cada Arlequín sentía la llamada. Por todo el mundo—de Boston a Beirut, de Barcelona a Shanghái—percibían señales efímeras. En sueños fugaces, un Duende Oscuro acechaba junto a una torre imponente; los intercambios de mensajes crípticos zumbaban entre emoción y temor.

—No hay un gran reloj en Londres —había escrito Reddish—, entonces ¿cómo aparece el Orloj?

Firee investigó archivos sin éxito—Big Ben era famoso, pero no se consideraba un reloj astronómico ni se rumoreaba que ocultase puertas mágicas. Aun así, el juramento del Orloj resonaba en cada una de sus mentes:

—Donde los ojos mortales no ven nada, la presencia del Orloj puede hallarse. Manteneos ansiosos, manteneos audaces… La próxima ciudad espera vuestra chispa.

Exactamente a medianoche, la señora V. se materializó en un andén vacío de Bruselas, dejando un remolino de tela raída a su paso. Más anciana y translúcida que cualquier persona viva, su mirada amable aún brillaba intensamente. Observó cómo un Eurostar traqueteaba—Blunt dormía con una bolsa de lona en el regazo—y susurró en su sueño:

—Londres te espera, pequeño. Atiende al gesto más diminuto de bondad o al más leve desánimo. Mantente alerta—hay más que aprender que nunca.

Y desapareció, mientras Blunt se removía con una visión apenas recordada.

Entretanto, en la estación de Waterloo, los viajeros se apresuraban a bajar del tren nocturno procedente de Dover. Junto a un quiosco de prensa clausurado, luces vivas relampaguearon fugazmente—una aparición fugaz del señor N., vestido con una vieja chaqueta de la RAF. Ejecutó un saludo militar preciso y murmuró:

—Prestad atención a vuestra disciplina, jóvenes magos. Londres puede devorar la esperanza si se lo permitís. Estad en guardia.

Después se desvaneció, dejando caer un recorte de periódico que revoloteó hasta el suelo.

En toda Londres, sutiles ilusiones se tejían en los recovecos silenciosos de la ciudad, anunciando la llegada de los Arlequines. Bajo una farola que titilaba, acechaba una figura retorcida—un Duende encapuchado de ojos malévolos. Tras sobrevivir a las derrotas en los túneles de Praga, al acecho en el laberinto de Venecia y al descalabro en París, el Duende merodeaba ahora cerca de la Torre de Londres, arañando la piedra fría con sus garras.

—Vienen… —siseó—. Y me alimentaré de sus fracasos.

Un relámpago partió las nubes, y el Duende se refugió bajo un arco medieval, riendo en voz baja. Estaba convencido de que los jóvenes Maestros Magos del Orloj flaquearían entre las ilusiones londinenses.

La mañana despuntó con un silencio radiante sobre el horizonte. Uno a uno, los seis amigos llegaron—unos en avión, otros en tren o en coche familiar—y convergieron junto a una estatua gastada en Charing Cross. Siguieron saludos entusiastas y abrazos cálidos. Aunque cada uno había crecido un poco o cambiado de manera sutil, el vínculo se mantenía tan fuerte como siempre.

En un nicho apartado de la estación, Blunt extrajo el mismo libro mágico azul y dorado que habían traído desde Praga. Sus páginas se agitaron con un zumbido de poder más hondo. En una hoja en blanco se trazaron líneas:

—Nos encontramos de nuevo. Estad listos: esta ciudad es distinta. Donde no se alza un reloj astronómico, un Orloj vuelve a formarse. Seis defectos, seis virtudes: ascended más allá de Maestros Magos… o afrontad vuestra caída.

Greenie inspiró hondo.

—¿Es este… de verdad el paso final?

Checkered frunció el ceño.

—Quizá sea algo más que un final. ¿Más allá de Maestros Magos? Nos adentramos en lo desconocido.

Reddish apartó el cabello de su rostro, y su voz sonó firme:

—Sin dudarlo. Lo afrontaremos juntos.

Intercambiaron miradas decididas. En torno a ellos, el torbellino de los viajeros matutinos seguía su curso. Un músico callejero solitario interpretaba una melodía suave.

Allá arriba, Buggie, hijo de la aguja horaria del Orloj, zumbaba quedo mientras proyectaba un diminuto láser verde hacia el Támesis; Thumbpee, hijo de la aguja minutera, se materializó sobre el hombro de Blunt, cruzó sus brazos diminutos y, con un brusco asentimiento, pareció decir: Es hora de partir.

Abajo, en un corredor sombrío, un hombre alto con una bufanda azul marino observaba. Su silueta titilaba, semiespectral: el señor Ringwald. Sus labios se movieron en una advertencia muda:

—Guardaos de las ilusiones de arrogancia, queridos magos. El orgullo aniquila la cautela. Londres puede albergar vuestro triunfo… o vuestra ruina.

Las luces de la estación se atenuaron un instante, y él se desvaneció.

Así, aquella mañana veraniega, los Arlequines pisaron las bulliciosas aceras de Londres, con el corazón palpitante de anticipación y nerviosismo. Ningún «reloj astronómico» imponente los recibió, pero la ciudad vibraba con posibilidades. Un destello tenue al otro lado del Támesis sugería ilusiones, mentores y viejos adversarios aguardándolos. Sentían que el Orloj londinense prometía una prueba definitiva—una que los empujaría a superar todos los límites conocidos.

Y en algún rincón oculto de la urbe—entre los tañidos de Big Ben y las piedras hechizadas de la Torre—la magia volvía a agitarse. Que dé comienzo el viaje final.

Su travesía convergía mientras trenes y coches los conducían desde tierras lejanas hasta King's Cross, el pulso de la ciudad acelerándose con su llegada bajo un cielo aún estival. Y, sin embargo, algo no encajaba: ¡sus padres no estaban allí para despedirlos, ni tampoco sus acompañantes!

Sueños… solo sueños (aunque no por mucho tiempo)

Entonces, como si regresaran de entre la niebla y la magia, cada uno de los Arlequines despertó. Blunt parpadeó, contemplando el techo de su piso londinense, con el corazón desbocado por el eco del susurro de la señora V. aún resonando en su mente. Reddish se incorporó bruscamente en su habitación de hotel, conteniendo el aliento, como si la mirada penetrante del Duende realmente la hubiera alcanzado.

Uno a uno, en distintos puntos de las afueras de la ciudad, emergieron de un sueño inquieto: cada cual había soñado con estaciones de tren, mentores e ilusiones arremolinadas. Todos habían vivido el mismo sueño, un preludio de lo venidero. Sí, pronto se reunirían, pero los mensajes de sus mentores habían llegado en sueños, no en la vigilia. Cada uno de ellos, acompañado por sus padres, se dirigió a la estación de

King's Cross, lugar concertado para encontrarse. Intuían que la verdadera reunión acababa de comenzar.

Capítulo 1: Llegada y encuentros ominosos

El Orloj oculto de Londres

Vientos aulladores barrían las calles de Londres, levantando hojas otoñales dispersas en espirales que danzaban salvajemente bajo la luz naciente del amanecer. Un persistente aroma a lluvia inminente saturaba el aire, mezclándose con los truenos lejanos que crecían hasta convertirse en rugidos. El polvo giraba con violencia, envolviendo la ciudad en velos fantasmales. Nubes de tormenta se congregaban con rapidez; los destellos de relámpagos anunciaban la furia de la naturaleza.

A diferencia de Praga, Venecia o París—cada una orgullosa de su famoso reloj astronómico—Londres carecía de un Orloj visible. El Big Ben marcaba las horas, sí, pero el rumor susurraba que el auténtico reloj oculto de la ciudad se escondía tras fachadas corrientes. Ese vacío hacía que la presencia mágica de Londres resultara elusiva. Aun así, las fuerzas oscuras que acechaban aquí no se sentían inseguras; aguardaban con ansia, sabedoras de que los jóvenes magos estaban cerca. Este enfrentamiento sería distinto a cualquier otro: el reino oculto, inquieto e implacable, no estaba dispuesto a sufrir otra derrota.

En rincones recónditos y callejones olvidados se agitaban figuras singulares: un deshollinador se detuvo un instante y alzó la vista con cautela; un músico callejero rasgueaba con suavidad, su melodía teñida de melancolía cómplice; y un cuidador de cuervos susurraba a sus aves, cuyas plumas oscuras se erizaban ante energías invisibles. Incluso la venerable Torre parecía estremecerse en anticipación. Muy por encima de los tejados, saltando de cornisa en cornisa con ligereza felina, el enigmático flautista de Hamelín interpretaba una melodía inquietante que los vientos crecientes arrastraban. La ciudad contuvo el aliento, suspendida en el filo de acontecimientos extraordinarios.

El reencuentro en Londres

El vapor siseó cuando el tren se deslizó en la estación de King's Cross, las ruedas susurrando contra los raíles de hierro. Entre la multitud bulliciosa que desembarcaba en el andén emergieron seis figuras familiares, cada una explorando la estación con una mezcla de emoción y cautelosa aprensión. Eran esperados y, en algún punto invisible, la magia los observaba de cerca.

Erasmus Cromwell-Smith II, alias Blunt, avanzó el primero; el bostoniano ajustó las gafas mientras su mirada afilada barría el entorno. Alto para su edad y de porte reflexivo, su cabello oscuro lucía invariablemente revuelto.

A su lado caminaba Sofía Martínez—Reddish—, la barcelonesa de cabellera encendida. Sus ojos verdes brillaban con curiosidad intrépida, y las pecas de su rostro se inflamaban de determinación.

Detrás de ellos, Sanjiv Patel—Firee—, el siempre vigilante mago de Bombay, se abría paso con gracia entre la gente; su mirada penetrante captaba cada detalle, mientras sus rasgos tranquilos permanecían alerta.

Winnie Mahlangu—Checkered—, de Pretoria, los siguió con paso seguro. Sus trenzas oscuras se balanceaban al ritmo de su zancada atlética, y una chispa de humor destellaba en sus ojos profundos.

Silencioso pero agudo, Sang-Chang Liu—Breezie—, natural de Shanghái, parecía deslizarse más que caminar; su figura esbelta y su porte grácil escondían una intensa potencia mágica.

Por último, descendió Carole Haddad—Greenie—, de Beirut. Sus expresivos ojos castaños, enmarcados por rizos oscuros, revelaban la intuición sensible que guiaba cada uno de sus gestos.

Oculto entre las sombras del andén, el duende maléfico siseó con amargura:

—¿Creen que su unidad los hace fuertes? —escupió con mirada venenosa—. Fue la unidad la que me traicionó. La amistad me abandonó y me dejó en la oscuridad. Pronto comprenderán la traición como yo.

Los jóvenes apenas habían intercambiado los primeros saludos cuando sus padres aparecieron desde distintos puntos del andén, con alivio y nerviosismo reflejados en cada rostro. Los abrazos se sucedieron; deseos susurrados se mezclaban con sonrisas temblorosas. Aunque todos habían presenciado antes el llamado mágico de los Arlequines, a los padres les atenazaba el corazón cada vez que perdían de vista a sus hijos. Alguna madre parpadeó para ahuyentar las lágrimas, mientras los padres palmoteaban espaldas con gestos forzados. Las despedidas, sinceras pero breves, respetaban el sólido vínculo entre los seis amigos y la confianza en que se protegerían mutuamente.

Al extremo del andén aguardaban Bart Sutton-Leigh—tío estadounidense de Blunt—y Antonella Cromwell-Smith—su tía italiana—, ambos avanzando con una rara mezcla de orgullo y honda preocupación. Habían visto a aquel sexteto pasar de novatos curiosos a magos capaces, pero el dolor de dejarlos partir nunca se mitigaba.

—Sabemos lo fuertes que sois —murmuró Antonella con la voz cargada de emoción—. Recordad: cuidaos los unos a los otros.

—Y volved enteros —añadió Bart con una risa trémula, estrechando a Blunt en un abrazo rápido—. Os esperaremos en Londres.

Con un último asentimiento de determinación, los seis cargaron su equipaje y se encaminaron hacia la siguiente etapa de su aventura, llevando el calor de aquellas despedidas en el corazón.

Cuando el grupo se dispersó, Blunt percibió una alteración sutil en la multitud; sus instintos se afinaron. En un parpadeo, una figura familiar pasó rozándolo: una sombra fugaz disfrazada de mozo de equipajes.

—Cuidado, Blunt —susurró con urgencia la figura.

El corazón de Blunt se aceleró al reconocer la voz del señor M., el mentor Equilibrista de las historias de su padre.

—Todo termina en la Torre. Sin embargo, comienza en la estación de Waterloo.

Blunt quedó inmóvil; el clamor de la estación se desdibujó. Sentía aún el abrazo de su tío, un calor fugaz frente al frío misterio.

—Ya no somos niños —murmuró con voz áspera.

Reddish captó su mirada; su asentimiento solemne fue un voto silencioso en medio del bullicio. Aquello no era un juego.

Antes de que Blunt reaccionara, la figura se disolvió en un remolino de color, dejando tras de sí apenas una estela de magia y un frío persistente.

Los seis intercambiaron miradas cargadas de significado. Habían dominado la magia antes, forjando la unidad que los guiara en sus últimas pruebas, pero el Orloj de Londres prometía un reto más profundo, capaz de empujarlos más allá de los límites de los Maestros Magos.

—Mantengámonos alerta —advirtió Blunt en voz baja, firme, aunque tensa—. Nuestra aventura ha comenzado. La estación alternativa está a un paso.

Un suave trueno rodó por encima de sus cabezas, como si respondiera a sus palabras. Ninguno sabía con exactitud qué implicaba el siguiente nivel de magia, pero, en una ciudad sin reloj astronómico visible, sentían que las respuestas—y los peligros—palpitaban en el latido oculto de Londres.

Capítulo 2: La búsqueda del Reloj Astrológico de Londres

Mañana en la Estación de Waterloo

Tras un paseo de **2,5 millas**, el grupo de ocho estaba a punto de completar el cambio de estación.

La luz del sol matutino se derramaba suavemente sobre los concurridos andenes de la **Estación de Waterloo**, donde Blunt, Reddish, Firee, Checkered, Breezie y Greenie aguardaban junto a Bart Sutton-Leigh y Antonella Cromwell-Smith. Hoy marcaba el inicio de su búsqueda para descubrir el Orloj oculto de Londres, guiados únicamente por pistas sutiles diseminadas entre antiguos relojes astrológicos—un enfoque que resultaba mucho más indirecto que en sus viajes anteriores.

De pronto Breezie se tensó; los ojos se le abrieron de par en par cuando una figura etérea se materializó al borde del andén. Era la **Sra. V.**: su delicado remolino de tela, imposible de datar y, sin embargo, luminoso, desafiaba el ajetreo a su alrededor. Su voz suave y familiar se impuso con claridad pese al ruido:

—Buscad primero la corte donde mareas y tiempo se entrelazan, donde las estrellas de Enrique, en cobre, brillan.

Antes de que Breezie respondiera, la aparición se desvaneció en un leve destello.

Mientras la neblina brillante se disipaba, la mente de Breezie repetía en voz baja la pista críptica:

—Buscad primero la corte donde mareas y tiempo se entrelazan, las estrellas de Enrique, en cobre, brillan…

—¿Alguien más oyó eso? —preguntó Reddish, escudriñando la multitud bulliciosa.

—Sí —respondió Blunt; sus ojos agudos brillaban de curiosidad—. Pero ¿qué significa?

—Mareas y tiempo… —musitó Firee mientras paseaba, pensativo.

—Estrellas de cobre —reflexionó Greenie, frunciendo el ceño—. Debe aludir a algo metálico, algo histórico.

—¡Enrique VIII! —interrumpió Checkered—. ¡Tiene que ser el reloj astrológico del Palacio de Hampton Court, famoso por mostrar las mareas del Támesis!

El grupo intercambió sonrisas aliviadas, agradecido por la pista sutil pero reveladora de su mentora.

Al girarse para dirigirse al tren, un destello de malicia punzó los sentidos de Blunt. Bajo el reloj de la estación, el duende maléfico los observaba con desprecio; sus ojos centelleaban de desdén.

—Corred mientras podáis, magos necios —siseó en voz baja—. Vuestro camino solo conduce a la desesperación.

Un escalofrío recorrió a Blunt mientras aceleraba el paso, casi sintiendo la mirada ardiente del Duende en su espalda. Reddish se detuvo a medio paso; sus ojos se clavaron en una figura con gabardina que acechaba junto a la salida de la estación.

—Nos ha estado siguiendo —murmuró. Greenie percibió un pico de malicia emanando de él, un remolino de energía ilusoria demasiado familiar.

—Podría ser un señuelo del Duende —susurró Blunt, apretando los puños—. Comprobémoslo.

Con un rápido asentimiento, Firee y Breezie guiaron al grupo al activar la invisibilidad—uno de sus primeros poderes adquiridos en Venecia. Sus trajes de arlequín brillaron y se tornaron translúcidos. Checkered advirtió:

—Recordad que, si permanecemos ocultos demasiado tiempo, llegan los efectos secundarios…

Un leve hormigueo pinchó sus dedos, pero avanzaron silenciosamente, esquivando a los viajeros desprevenidos.

A poca distancia, la figura con gabardina se disolvió en un torbellino irregular de ilusiones, soltando una carcajada triunfal. ¡Solo un señuelo! La ira se encendió en el rostro de Reddish.

—Casi perdemos tiempo persiguiendo un fantasma.

La treta del Duende quedó frustrada: los Arlequines emergieron de la invisibilidad con el corazón acelerado. Tras intercambiar miradas tensas, se apresuraron al tren rumbo a Hampton Court, decididos a no dejar que las ilusiones los retrasaran de nuevo.

Palacio de Hampton Court

El tren traqueteaba suavemente hacia Hampton Court. Breezie miraba por la ventana, trazando la silueta de un reloj de arena en el vaho.

—¿Alguna vez os preguntáis si estamos listos para todo esto? —murmuró casi para sí.

Reddish, sentada a su lado, lo consideró:

—Cada viaje nos ha hecho más fuertes, pero ¿estar listos? Nunca lo estamos del todo; nos volvemos capaces sobre la marcha.

Checkered asintió:

—Como granos en un reloj de arena, siempre cambiamos, siempre avanzamos, incluso si no nos sentimos preparados.

Antonella sonrió, compartiendo una mirada de aprobación con Bart:

—Exactamente. Pues al Palacio de Hampton Court.

Blunt contempló a sus amigos con determinación:

—Recordad que, a diferencia de Praga o Venecia, Londres no exhibe un reloj astrológico famoso. El nuestro ha de estar oculto, quizá incluso virtual, tras un portal mágico. Si lo encontramos, podría abrir la vía al Londres paralelo y llevarnos más allá de los Maestros Magos.

Intercambiaron sonrisas ansiosas y confiadas, conscientes de lo que estaba en juego.

—Entonces, apresurémonos —urgió Reddish, encabezando el paso hacia el tren de vapor vintage que aguardaba.

En la estación de Hampton Court, el grupo desembarcó en un pintoresco andén cubierto de hiedra. Frente a ellos se alzaba la grandeza Tudor del palacio, su ladrillo cálido reluciendo bajo el sol del mediodía. Al acercarse, nada era lo que parecía: sobre el puente de piedra danzaba un remolino de llamas, crepitando con ilusiones amenazantes; tras él, zarcillos de escarcha brillaban como fragmentos dentados. Algunos transeúntes retrocedieron, aterrados.

Checkered alzó una ceja.

—Esto debe de ser obra del Duende, bloqueando nuestro paso.

Reddish esbozó una media sonrisa.

—Olvida que en Praga aprendimos a caminar a través del fuego y el hielo.

Sin dudar, avanzaron. Las ilusiones siseaban: lenguas de fuego lamían sus tobillos mientras remolinos gélidos envolvían sus hombros. Pero los Arlequines prosiguieron: su antiguo poder volvía inofensivos tales elementos. Los testigos se quedaron boquiabiertos al verlos emerger ilesos al otro lado. Breezie se sacudió la última brasa.

—Ni un retraso más —afirmó.

En el patio, la normalidad regresó. Los turistas deambularon, pero el bullicio se apagó cuando los Arlequines se aproximaron al célebre reloj astrológico, cuya faz de cobre dorado lucía signos zodiacales, símbolos celestes y fases lunares.

—Ahí está —suspiró Greenie, con los ojos radiantes de asombro.

—¿Por qué no se mueve? —preguntó Checkered, desconcertada.

Blunt apoyó los dedos en la fría superficie. Un temblor sutil vibró bajo sus pies y el aire chisporroteó con magia. —«*Sabe que estamos aquí*», pensó.

Un crujido metálico quebró el silencio: los diales giraron vertiginosos; los signos se desdibujaron en un torbellino y, de golpe, se detuvieron, mostrando símbolos extraños.

—Creo que podéis necesitar ayuda —dijo una voz serena a su espalda. Al volverse, reconocieron al **Sr. Faith**, el mentor anticuario de Boston, conocido por enseñar Claridad y Enfoque en sus últimas aventuras.

El Sr. Faith se acercó, los ojos brillantes.

—Observad de cerca —indicó—: una mitra episcopal, la luna en su cenit y un par de caballeros.

Debatieron hasta que Checkered relacionó los símbolos con la **Catedral de Wells**, famosa por sus caballeros mecánicos.

—Exacto —asintió el Sr. Faith—. Wells os espera. Mantened claridad de pensamiento; ved más allá de lo obvio.

Su mirada se ensombreció; la voz bajó:

—Hubo un mago que cayó donde los relojes se toparon con la ruina: traicionado, abandonado. Temed su eco, Arlequines, pues las sombras retuercen incluso los corazones más sinceros.

Blunt frunció el ceño.

—¿Quién?

Pero el mentor se giró, dejando el enigma en el aire.

Oculto en un arco sombrío, el Duende se enfurecía. —Demasiado fáciles de guiar —se burló—. Pronto sus virtudes se derrumbarán.

Sintiendo un escalofrío repentino, Greenie miró alrededor, intranquila.

—¿Alguien más sintió eso?

Firee posó una mano firme en su hombro. —No estamos solos en esta búsqueda.

Con sincero agradecimiento al Sr. Faith regresaron a la estación. Firee suspiró, decepcionado:

—Esperaba que encontráramos el Orloj de inmediato.

Greenie forzó una sonrisa.

—Cada paso nos acerca.

Una sorpresa en la catedral de Wells

El tren, rumbo al oeste, serpenteaba entre campos y aldeas sosegadas. A media tarde llegaron a la pequeña ciudad de Wells. Una leve bruma confería a las calles empedradas un fulgor casi místico. Las torres góticas de la catedral se alzaban sobre ellos, y las intrincadas tallas de piedra parecían darles la bienvenida con rostros pétreos de santos y demonios entrelazados.

En el interior, la luz del sol atravesaba los vitrales y coloreaba el pavimento con matices rojos, azules y dorados que se deslizaban como agua líquida. La atención del grupo se centró en el célebre reloj astronómico, donde caballeros en miniatura justan cada cuarto de hora y las fases lunares giran con precisión medieval.

Confiaban en el típico "llegar, aparición fugaz, pista", pero las puertas principales, cubiertas de andamios, estaban custodiadas por un conserje cabizbajo.

—Reparando piedra centenaria —suspiró—; si desean ver el reloj de cerca, tendrán que bajar a la cripta.

Guiados por él, descendieron por una angosta escalera de caracol. Las linternas proyectaban sombras danzantes sobre muros húmedos, impregnados de un olor terroso. A mitad de trayecto el conserje se desvaneció: una ilusión que se disolvió en niebla arremolinada.

—Genial —murmuró Reddish—. ¿Otro truco?

El silencio cayó; solo goteaba el agua distante. Desde un pilar emergió Felicia Poindexter, su mirada serena llena de determinación.

—El reloj de Wells exige unidad —explicó—, pero antes debéis superar un reto menor.

Al instante surgieron ilusiones: el agua ascendía, amenazando con inundar la cripta. Los Arlequines coordinaron hechizos: Checkered y Breezie levantaron una barrera de aire chispeante; Reddish y Firee evaporaron el torrente; Blunt y Greenie localizaron una salida oculta. La colaboración los puso a prueba más que cualquier acertijo.

Cuando la visión se disipó aparecieron en la nave principal, sin aliento, pero victoriosos. Bajo la esfera del reloj sintieron renovarse la Unidad que Felicia les había inculcado. Los diales giraron vertiginosos y, entre susurros de latón y destellos estelares, revelaron una pista: una alusión a Exeter y a sus antiguas canciones infantiles.

—¿Exeter? ¡Lo tengo! —exclamó Firee.

—Habéis obrado bien —asintió Felicia—. Recordad: no todo enigma abre una puerta; algunos solo ponen a prueba vuestro vínculo.

En ese instante el conserje real reapareció, ajeno a la magia:

—¿Los andamios? Estamos restaurando siglos de desgaste.

Sonrisas divertidas cruzaron el grupo, que abandonó la catedral con la sinergia reforzada.

Catedral de Exeter

Animados por el éxito, tomaron el tren hacia el suroeste. Los verdes campos de Somerset cedieron a las colinas de Devon, doradas por la luz vespertina. Al llegar a Exeter percibieron un cosquilleo de energía residual.

Mientras se adentraban en sus callejuelas, una nueva ilusión los envolvió. Con el crepúsculo quedaron atrapados en un callejón flanqueado por fachadas pétreas. Chillidos guturales rasgaron el aire: gárgolas aladas, forjadas en ilusión sólida, se precipitaron desde los tejados.

—¡Entrantes! —alertó Greenie, activando el escudo aprendido en París.

Las garras de la primera criatura arañaron la cúpula brillante. Reddish trepó con su hechizo de araña y lanzó una descarga aturdidora desde lo alto. Firee sostuvo un segundo escudo mientras Checkered detonaba un haz de claridad que reveló los núcleos ilusorios; en un soplo de polvo, las bestias se deshicieron.

—Apresurémonos; estas farsas solo nos retrasan —instó Blunt.

Pocos pasos después avistaron las torres normandas y la imponente fachada de la catedral, con hiedra colgando de los muros. Dentro, la luz de las velas danzaba bajo arcos altísimos. El famoso reloj astronómico los aguardaba, detenido.

—*Pereunt et imputantur* —leyó Checkered.

—Las horas pasan y se nos cargan —interpretó Firee.

Intentaron activar la maquinaria. Desde un pilar ornamentado surgió Eleanor Peabody-Smith.

—Este reloj solo responde cuando compartís vuestras verdades —recordó.

Aunque incómodos, cada mago confesó su vulnerabilidad: **Blunt** temió fallar a quienes confiaban en él; **Reddish** reconoció que su audacia la cegaba ante la ayuda ajena; **Firee** admitió que la cautela a veces le impedía vivir plenamente; **Checkered** reveló que su humor encubría inseguridades; **Breezie** temió que su silencio se interpretara como indiferencia, y **Greenie** dudó de su propia intuición. Un zumbido suave recorrió la nave; los engranajes se alinearon con un resplandor que iluminó sus rostros. Apareció la nueva pista: un león rugiente y una luna creciente tras la silueta de una catedral.

—¡Norwich! —exclamó Firee.

Peabody-Smith entregó a Checkered una pulsera de plata con dijes:

—La honestidad compartida puede salvaros en cualquier mar, literal o metafórico.

Agradecidos, prosiguieron con el ánimo aligerado tras enfrentarse a sí mismos. Fuera, el Duende observaba desde las sombras, destilando malevolencia.

—¡Virtudes! —escupió—. Me deleitaré destrozándolas.

Catedral de Norwich

El anochecer se fundía en el crepúsculo cuando llegaron a Norwich. Suaves farolas doradas iluminaban las avenidas medievales. La majestuosa aguja de la catedral se alzaba sobre edificios de entramado de madera, una visión etérea bajo el cielo nocturno.

Un par de «guías de la catedral» uniformados los saludó en un callejón estrecho.

—Por aquí —insistió uno con voz excesivamente amable.

Firee sintió un escalofrío y miró a Blunt. Este cerró los ojos e invocó la lectura mental—habilidad perfeccionada en Praga—y de inmediato vislumbró la intención oscura que se arremolinaba tras las sonrisas: no eran guías reales, sino ilusiones dispuestas a desviarlos hacia un callejón sin salida.

—Son falsos —murmuró con voz tensa.

Reddish fingió asentir cortésmente y condujo al grupo por un pasadizo alternativo. Tras ellos, los supuestos guardias se fundieron en sombras. Los Arlequines intercambiaron miradas aliviadas, agradecidos por la destreza mental que los mantuvo en la ruta correcta.

Dentro, las velas parpadeaban sobre el suelo de piedra pulida, pero el reloj astronómico permanecía ominosamente inmóvil.

—¿Por qué no reacciona? —susurró Firee.

Una voz profunda emergió de las sombras: era el señor Percival Ringwald, su mentor filosófico.

—Norwich exige reflexión, no sobre el reloj, sino sobre cada uno de vosotros.

—¿Debemos… reconocer lo que admiramos en los demás? —propuso Blunt.

Así lo hicieron, recordando pequeñas gentilezas y actos de apoyo de aventuras pasadas. Cada elogio avivaba una camaradería más honda. El reloj retumbó suavemente; sus engranajes giraron con una energía cálida y viva y, en la esfera, aparecieron los símbolos de la Universidad

de Leicester—una figura erudita y la astronomía moderna—
junto con el impulso de mantener la mente abierta.

—Entonces, Leicester —suspiró Reddish, mitad
decepcionada, mitad ilusionada.

Ringwald sonrió.

—Abrid vuestra mente o quedaréis ciegos a los secretos
de la ciudad.

Desde el claustro, el Duende siseó:

—Su vínculo se profundiza… Esto no me sirve.

—Siento una hostilidad helada —murmuró Greenie,
temblorosa.

—No estamos solos —confirmó Blunt—.
Mantengámonos alerta.

El vapor exhaló cuando el tren partió rugiendo de la
estación; el vagón se estremeció. Checkered estiró las piernas.

—Bueno, fue intenso: ilusiones fantasma, caballeros,
andamios… Necesito una siesta.

—Despiértame cuando las ilusiones empiecen a
comportarse —gruñó Reddish.

—Entonces dormirás eternamente —rió Breezie.

—¿Otra vez? ¿Dónde están Blunt y Reddish? —preguntó
Firee, frustrado.

—Desde luego, no en el tren —respondió Checkered con fastidio.

El paisaje se difuminaba tras la ventanilla; el traqueteo adormecía, aunque la tensión no abandonaba del todo sus hombros.

De vuelta en el andén, Blunt y Reddish recuperaron el aliento; el eco de su huida aún vibraba.

—Hemos despistado las ilusiones —jadeó Blunt—. Reunámonos con los demás; no hay tiempo que perder.

—Estarán junto a la estatua de fuera... espero —asintió Reddish.

Corrieron con el pulso acelerado, temiendo que la ilusión reapareciera de un momento a otro.

«¿Cuál es el misterio de las desapariciones de Blunt?», se preguntó Firee.

—¿Crees que desaparezco por gusto? —replicó Blunt al leer su expresión—. Borra esa mueca de sospecha.

Universidad de Leicester

La noche cubría el cielo nublado cuando arribaron a Leicester. Los edificios modernos contrastaban con las estructuras medievales vistas hasta entonces. A la suave luz del campus localizaron el reloj astronómico universitario, una obra maestra contemporánea y elegante.

—¿Dónde están Blunt y Greenie? —saltó Checkered de pronto.

Un taxi negro traqueteaba por calles adoquinadas; el conductor era ajeno a las ilusiones que revoloteaban sobre el techo.

—Esas ilusiones siguen vigilando, ¿verdad? —susurró Greenie, mirando runas difusas en el cielo.

—Sí; aguardan la ocasión perfecta para atacar —respondió Blunt.

La lluvia repiqueteó sobre el vehículo mientras doblaban una esquina y la aguja universitaria se perfilaba a contraluz.

Cuatro Arlequines suspiraron aliviados al reunirse, aunque persistía la incómoda pregunta: ¿cómo se habían separado Blunt y Greenie?

«*Habrá que explicarlo*, pensó Firee».

El reloj permanecía inmóvil; tras la esfera translúcida se intuían engranajes intrincados.

—Otro reloj silencioso —se lamentó Breezie.

Una risa baja flotó en la brisa —¿el Duende? Tal vez. Pero, desde un pasillo lateral, apareció de nuevo

Felicia Poindexter, ahora encarnando Innovación y Adaptabilidad —virtudes que antaño expuso al padre de Blunt.

—Este reloj despierta con nuevos conocimientos: pensad en lo que habéis aprendido.

Fueron turnándose, Firee reconoció que el verdadero coraje consiste en aceptar ayuda, Greenie aprendió que su intuición se refuerza al compartirla, Checkered vio que la sinergia multiplica los talentos de todos, Breezie comprendió que la empatía puede superar a la fuerza, Reddish descubrió que la audacia exige previsión y Blunt concluyó que liderar es empoderar al equipo.

El reloj palpitó con luz tenue y los engranajes se deslizaron. La esfera mostró tres símbolos: una constelación de aviones, una corona conmemorativa y la silueta de una gran catedral. Todos entendieron: la catedral de York, homenaje a los aviadores de la Segunda Guerra Mundial.

Felicia rio suavemente.

—De joven me extravié en el desierto. Aprendí que el salto crucial es hacia dentro: adaptarse y confiar. Recordadlo al acercaros a York.

Entre agradecimientos, partieron con propósito renovado, aunque el cosquilleo del miedo persistía: la sombra del Duende seguía cerca.

Catedral de York

La niebla del crepúsculo envolvía la antigua ciudad de York mientras descendían del tren. Cada calle empedrada parecía más vetusta que la memoria misma. La imponente catedral dominaba el horizonte, sus agujas alzándose hacia las estrellas.

En el interior reinaban el silencio y la reverencia. Un tenue resplandor iluminaba el reloj conmemorativo de la Segunda Guerra Mundial, cuya esfera, grabada con constelaciones que antaño guiaron a los pilotos en los cielos más oscuros, permanecía inmóvil; no surgía aparición alguna ni rompecabezas final.

Decepcionados, se dispusieron a marcharse —hasta que Blunt reparó en un humilde trabajador de mantenimiento apostado en la puerta, con una mirada extrañamente intensa. Entonces lo comprendió.

—¡Kraus! —susurró Checkered.

Kraus esbozó una leve sonrisa y los reconoció a todos.

—Buscáis el Orloj, pero no se halla aquí… al menos, no exactamente —explicó, señalando la brillante esfera—. La auténtica valentía reside en honrar a quienes se sacrificaron. Su legado alumbra vuestro camino. Habéis demostrado respeto por ese legado; por ello el Orloj os reconoce.

La esfera del reloj se llenó de un resplandor celestial: las constelaciones dibujaron la icónica silueta del Big Ben.

—Big Ben —murmuró Reddish, con los ojos chispeantes de asombro.

Kraus asintió con gentileza:

—Exacto. El verdadero Orloj está tejido en el latido oculto de Londres, dentro del propio Big Ben. Ahora que habéis acreditado vuestra preparación, el acceso al Londres paralelo queda abierto.

Con un remolino de magia los condujo hasta un nicho cercano a la entrada. El aire centelleó y formó un portal de luces giratorias.

Antonella y Bart se quedaron atrás, las manos entrelazadas, mientras el torbellino de energía mágica espesaba el ambiente. Ninguno logró disimular el fulgor de urgencia protectora en la mirada: aquel cruce iba mucho más allá de un viaje ordinario y nunca dejaba de inquietarlos, aunque ya hubieran entrevisto algo semejante.

—Os aguardaremos en Londres —repitió Bart, con la voz más firme que sus dedos temblorosos—. Pase lo que pase, recordad lo orgullosos que estamos.

Los ojos de Antonella relucían con un amor feroz, apenas expresado. Esbozó una valentía sonriente:

—Regresad sanos y salvos. Os acompañamos en cada paso, aunque no podamos seguiros físicamente.

Los seis jóvenes se cruzaron miradas decididas. Firee alzó la mano en un saludo rápido; Reddish sonrió con calma; Blunt, con un breve gesto, rubricó la confianza del grupo. Luego, entre últimas inclinaciones de cabeza, penetraron en el portal. La realidad se difuminó; el sonido de la estación y las miradas ansiosas de Bart y Antonella se diluyeron en remolinos de color: una última instantánea de devoción parental que persistió mientras desaparecían.

Instantes después se hallaron rodeados por los engranajes colosales del Big Ben, el mecanismo marcando el tiempo como un latido.

Su búsqueda definitiva acababa de comenzar.

Capítulo 3: Bajo la sombra del Big Ben

Una quietud surreal envolvía al grupo mientras se hallaba dentro del intrincado y elevado mecanismo del Big Ben. Engranajes colosales, péndulos y manecillas se alzaban a su alrededor, marcando un pulso que resonaba hasta en los huesos. Sin embargo, bajo ese tictac audible latía un zumbido más sutil—una vibración constante que ningún oído humano podría percibir—y que susurraba el despertar de una poderosa magia.

El eco de las campanadas parecía reunir los recuerdos de cada aventura previa, tejiendo en el aire imágenes fugaces de Praga, Venecia, París y las vías que los habían conducido hasta aquella cámara palpitante. Bajo aquel techo mecánico, cada latido de metal recordaba un juramento compartido: jamás ceder al miedo mientras su amistad permaneciese intacta.

Permanecieron absortos, los alientos empañando levemente el aire frío y metálico.

—Estamos realmente dentro del Big Ben —susurró Breezie, con los ojos llenos de asombro—. Es increíble.

Checkered examinó el entorno, la mirada inquieta.

—Pero, si esto es el Big Ben, ¿dónde está el Orloj que buscamos?

Casi como respuesta, un tañido profundo y melódico reverberó por todo el espacio; la vibración cruzó el aire, el suelo y sus propios cuerpos. Los inmensos engranajes se ralentizaron y luego se detuvieron. Un remolino de niebla dorada descendió grácilmente, revelando la faz translúcida de un reloj celestial—relucía vívidamente con símbolos de estrellas, planetas, lunas y soles. Flotaba majestuoso, girando con suavidad, como invitándolos a acercarse.

—El Orloj… —murmuró Blunt con reverencia, adelantando un paso.

—No —intervino una voz suave, pero firme. El grupo se volvió y vio a un muchacho esbelto, de cabellos plateados, emerger de las sombras. Sus movimientos resultaban imposiblemente fluidos, cada paso cargado de una gracia extraña—. Soy Chronos, guardián y confidente del Orloj. Os halláis en el umbral de vuestra prueba final.

Chronos hizo una pausa, la mirada distante:

—El tiempo llora a sus guardianes perdidos, aquellos que flaquearon y fueron dejados a desmoronarse en torres creadas por ellos mismos.

Greenie inclinó la cabeza, pero el tañido del Orloj ahogó su pregunta.

Cuando todo quedó en silencio, Greenie insistió:

—¿Eres el guardián del Orloj? Pero ¿qué proteges?

Chronos esbozó una leve sonrisa.

—El equilibrio —dijo, como si fuera la respuesta más sencilla del mundo—. Cuido de que el fluir del tiempo permanezca íntegro, sobre todo cuando las ilusiones lo amenazan.

Señaló el destello de un engranaje que zumbaba:

—El Orloj guarda algo aún más arduo: a todos vosotros.

Un asombro silencioso los invadió. Breezie abrió la boca para preguntar, pero Chronos alzó una mano y los condujo por un angosto pasadizo de engranajes en rotación. Las sombras danzaban en el metal; el zumbido tenue seguía cosquilleándoles los sentidos.

—Venid —instó Chronos, indicando un cuadrado de niebla luminosa—.

—No debemos malgastar ni un minuto. La prueba definitiva del Orloj—sus veinticuatro horas—comenzó en el instante en que su tañido os acogió. Aquí el tiempo tiene latido propio y necesitaréis cada segundo que os conceda.

Al oír «veinticuatro horas», Reddish cruzó una mirada tensa con Firee. Todos sintieron el peso de una cuenta atrás, aunque ningún reloj común la mostrara.

Thumbpee y Buggie revoloteaban tras ellos, sin explicaciones: solo una presencia vigilante. Mientras los jóvenes magos atravesaban el portal arremolinado, la realidad se deshizo alrededor: los colores se difuminaron como tinta en agua; cada latido se prolongó, cada respiración resultó onírica.

Con un chasquido suave, el mundo se recompuso—nítido, inmediato, sobrecogedor. Cayeron sobre viejos adoquines pulidos por siglos de pasos. Un crepúsculo luminoso cubría la ciudad en matices de amatista e índigo, proyectando sombras soñadoras que parpadeaban y danzaban.

Seguían en Londres, pero no en el que conocían. Monumentos familiares se alzaban alrededor, aunque cada uno resplandecía con una grandeza encantada. El Big Ben se erguía sobre ellos; su esfera, tersa y radiante, latía con suavidad como un corazón descomunal, rodeada de engranajes flotantes que centelleaban en el aire. Las farolas tañían como arpas invisibles, su luz pulsando sobre adoquines húmedos de niebla lavanda. Un carro ambulante traqueteaba, esparciendo chispas perfumadas de tomillo en el ocaso.

Las calles hervían de vida insólita: brujas con capas bordadas cambiaban hierbas luminosas; magos en terciopelo conjuraban fuegos de dragón; espejos encantados guiñaban desde los escaparates. Cada piedra, cada aliento, vibraba con magia.

Firee inspiró el aire cargado de energía.

—El Londres paralelo…

—Así es. —Breezie alzó la vista a las luces que trazaban líneas ley invisibles en el cielo nocturno—. Hemos cruzado de veras.

De improviso, la enorme esfera del reloj sobre ellos resplandeció; las manecillas giraron y se detuvieron en medianoche. El Orloj cobró voz en un estrépito de engranajes y armonía, llamándolos como peregrinos a un santuario atemporal:

—¡Bienvenidos, jóvenes magos!

Jadeando, reconocieron la presencia que los había guiado en búsquedas anteriores. La voz crepitaba con calidez paternal; cada sílaba reverberaba con ancestral autoridad. El Orloj les hablaba, entrelazado con la trama de esta ciudad paralela.

—Habéis viajado lejos, aprendido hondo y demostrado vuestra valía. Ahora os encontráis en el Londres paralelo, reino de maravilla y peligro, moldeado por vuestras fortalezas y debilidades. Aquí las sombras que presentisteis cobrarán forma para retaros.

Un escalofrío recorrió la espalda de Checkered.

—Hemos sentido esa oscuridad siguiéndonos… El duende maléfico.

El tono del Orloj se volvió solemne:

—Sí. Ansía vuestros pasos en falso; cualquier defecto no dominado será su ventaja. Recordad las virtudes que habéis reunido. La soberbia o el descuido os costarán caro.

Greenie tragó saliva, los ojos recorriendo la ciudad fascinante:

—¿Y si logramos superar estas próximas pruebas?

La faz del Orloj palpitó.

—En **veinticuatro** breves horas, si vuestras virtudes brillan sin mengua, ascenderéis más allá de los Maestros Magos y os convertiréis en Magos Orloj, guardianes de la virtud y el equilibrio. Pero escuchad: aquí las ilusiones son más hondas. Confiad en vuestros amigos o vuestros poderes podrían desvanecerse en el peor momento.

Se impuso un silencio. El grupo se miró con determinación.

Reddish exhaló:

—Veinticuatro horas para demostrar que podemos lograrlo. No fallemos ahora.

—Hay más —prosiguió el Orloj con suavidad—, vuestros mentores aparecerán disfrazados; poned a prueba vuestro ingenio para reconocerlos. Aquí no podéis leer sus pensamientos. Solo viviendo cada virtud venceréis las ilusiones venideras.

Un último resplandor onduló desde la esfera del Big Ben y abrió un portal fulgurante junto a ellos.

—Avanzad —ordenó el Orloj—. El tiempo es fugaz; vuestra búsqueda final ha comenzado.

En el laberinto de engranajes flotantes, una figura retorcida se agazapaba, los ojos chispeando de regocijo malévolo: el Duende Maléfico, por fin listo para su trampa. Había acechado a las puertas de su viaje, paciente y voraz, esperando el instante en que bajaran la guardia. Ahora, con el portal abierto y los jóvenes magos dando sus primeros pasos en la prueba definitiva, sentía una oleada de triunfo.

Un siseo grave escapó de su garganta: donde la virtud flaquee, se deleitará en el miedo y la duda. Determinados o no, aquellos muchachos solo cuentan con veinticuatro horas para enfrentarse a ilusiones inimaginables, y el Duende se encargará de que los golpes sean profundos.

Más allá del vórtice luminoso, Blunt y sus amigos enderezaron los hombros, el corazón palpitando de expectación. Aún no sentían las garras del Duende en su espalda ni intuían con cuánta ferocidad la oscuridad disputaría cada una de sus virtudes, pero su resolución permanecía intacta mientras avanzaban hacia el portal radiante, decididos a superar las pruebas que aguardaban.

Así, en el silencio electrificado de las calles relojeras del Londres paralelo, el desafío definitivo dio comienzo.

Capítulo 4: Primera ilusión en la Torre

La caída de la noche había transformado el Londres paralelo en una hipnótica metrópoli de magia. Faroles flotantes vagaban con desgana sobre los caminos empedrados, mientras magos de capas suntuosas conjuraban sutilezas ilusorias para las multitudes que pasaban. Los rótulos de las tiendas parpadeaban con caracteres rúnicos, prometiendo pociones y sortilegios vedados a los ojos mortales. Pese al encanto, los Arlequines percibían una corriente soterrada de tensión: algo acechaba en las sombras, alimentándose de sus titubeos.

Sobre los viejos baluartes de la Torre de Londres, nubes tintas de púrpura y oro destellaban; bajo la regia fachada perduraba un frío invisible. El Duende Maléfico observaba, intangible, esperando que aquellos jóvenes magos flaquearan en virtud para poder atacar.

Ilusiones en el Támesis

El grupo avanzaba por callejones mal iluminados junto a la Torre, sus trajes de arlequín irradiando un leve fulgor. De pronto, una carcajada estridente surgió de una bocacalle oculta: una troupe de artistas callejeros—malabaristas de fuego, cintas luminosas arremolinadas—irrumpió en la calzada y los acorraló en un círculo caótico.

—Cuidado —advirtió Blunt, con la mirada alerta.

Antes de que pudieran retroceder, un mago extravagante chasqueó los dedos. Checkered sintió un tirón invisible en la capa y los seis Arlequines quedaron suspendidos sobre el negro y turbulento Támesis. El conjurador gorjeó de alegría cuando la ilusión los soltó, enviándolos en picado.

—¡Usad la Lente de Claridad! —gritó Firee.

Con destreza, Blunt activó la lente que recibieran de un mentor. En seguida surgieron hilos brillantes de magia alrededor. Checkered señaló uno estable y los Arlequines se aferraron a él en plena caída. El tejido ilusorio los condujo hasta una pequeña barcaza fantasma: aterrizaje precario pero salvador.

Greenie se aferraba a la borda, mirando las aguas oscuras:

—Temo que mis instintos nos traicionen —susurró.

Firee le apretó el hombro:

—Aún no lo han hecho; y si tropiezas, te sostendremos.

La melodía inquietante

Mientras la barcaza se hundía, la vista de Reddish se nubló: vio la plaza soleada de Barcelona, los gestos severos de su familia. «Tu magia imprudente nos avergüenza» —siseó su madre. El desprecio de su hermano ardía: «No eres nuestra hija». El pecho de Reddish se cerró; su audacia vaciló.

El Támesis bramaba; el aire sabía a sal y roble viejo; la barcaza crujía como un navío a la deriva en el tiempo. Remeros espectrales, de cuellos arrugados, tarareaban una vieja tonada isabelina que entretejía magia en el pulso del río.

Reddish sintió su orgullo escurrirse como arena. —Lucho por su orgullo, no por el mío —murmuró al viento.

La ilusión se disipó cuando la mano del Músico Callejero la sostuvo; sus ojos destellaron bondad.

—La generosidad entrega lo que el orgullo acapara —sentenció.

Desembarcaron en un patio tranquilo, junto a los muros de la Torre. Entonces una melodía melancólica tiró de sus corazones: canción de amantes trenzada con magia tierna. Los londinenses pasaban de largo, ojos vacíos, insensibles; pero cada Arlequín sentía aquel acorde como una súplica.

—¿Cómo es que nadie lo percibe? —preguntó Reddish, ceñuda.

—A veces —reflexionó Checkered— la gente ignora cuanto cree que no le incumbe: la empatía parece un lujo.

El músico interceptó la mirada de Blunt, un destello antiguo cruzó su rostro; después se internó en un callejón serpenteante. Los Arlequines lo siguieron con el pulso acelerado y llegaron a un callejón sin salida: un muro macizo de ladrillos.

De repente, las piedras ondearon como agua y formaron una puerta con letras doradas:

«Libros antiguos para el Espíritu y el Alma»

(Est. hace mucho, mucho tiempo atrás)

La puerta se abrió de par en par. El músico, ahora revelado como **Cornelius Tetragor** en atuendo regio—cabello blanco largo, ojos benévolos—les hizo señas:

—Bienvenidos, Arlequines. Me habéis encontrado.

Cornelius emergió, una silueta de cordialidad esculpida en luz; su sonrisa, un farol contra la marea sombría del Támesis. Alzó los bordes de su túnica color crema: la tela fluía tras él como agua marfileña. El largo cabello, recogido en una coleta, se mecía suavemente. Pese a la expresión serena, una intensidad callada centelleaba en sus ojos, como si penetrara verdades no dichas.

—La generosidad —declamó con voz clara—es la virtud más sencilla y, sin embargo, la más ardua de vivir. Incluso las ilusiones se disuelven ante quien se habla con sinceridad.

Giró bruscamente la cabeza hacia Blunt:

—Adelante, queridos magos. Una mente generosa rara vez tropieza en la oscuridad.

Con un gesto sutil los condujo al interior; los pliegues de su túnica se deslizaban como una ola de luz marfil.

Dentro de la librería antigua

Entraron en una imponente biblioteca de estantes flotantes y orbes suavemente luminosos. Motas de polvo centelleaban en la luz de las lámparas, y el silencio de los viejos tomos los envolvió. Cornelius cerró la puerta y habló con suavidad:

—Esta noche habéis sido puestos a prueba por ilusiones que se alimentan de la indiferencia. Visteis cómo las multitudes ignoraban al Músico Callejero y cómo los conjuradores os atacaban por diversión. Esa apatía puede resultar más peligrosa que la propia malicia. Demasiadas veces subestimamos a los demás, guiados por nuestras emociones. Sin embargo, el músico al que otros desdeñaron apreció vuestro interés por él y por su arte —añadió Cornelius—. Os vio… y os lo agradece. Este poema es su pequeño obsequio.

*

El músico callejero mágico

A través de calles sinuosas donde juegan ecos,
un espíritu infantil ilumina el sendero.
Siempre sonriente, corazón sin límites,
compartiendo arte en cada rincón.

Se nombra a sí mismo músico callejero auténtico,
intérprete privado solo para ti.
Sus canciones forjan alegría colectiva,
un niño risueño que nos mantiene unidos.

Desde un «Cielo lleno de estrellas» en lo alto
procura «Arreglarnos» con su amor.
A veces es «Científico» en su pensar,
con melodías que curan lo que no se puede enseñar.

Nos recuerda que los «Relojes» siguen su curso
y nos invita a «Rezar» con firme voluntad.
Nos suplica «Vivir la vida»,
avivar pasiones con rojos y «Amarillos» de fuego,
amar, bailar, soñar, sentir.

Advierte que «Cada lágrima es una cascada»,
pero muestra que hay «Paraíso» para todos.
Nos abre las puertas de «Su universo»,
un lugar donde la esperanza estalla en asombro.

A veces solo desea «Hablar»,
compartir un instante en el paseo vital.
Nos ruega no «Temblar»
y susurra: «No entréis en pánico; sed dadores».
Esquiva sendas que conducen a la puerta del «Problema»
y guía hacia nuevas aventuras.

Nos llama a emprender el viaje,

a vivir «A la velocidad de la luz».

Canta sueños audaces y radiantes,

llamada a corazones perdidos en la noche.

Nos invita a escalar con él,

a sumarnos a «La aventura de toda una vida».

Siempre agradecido, aún inspirado,

esparce su música, su corazón y su afán.

Trovador sin escenario,

su vida es canción, es página viva.

*

—Es un mago de carne y hueso —concluyó Cornelius. Luego los condujo a un rincón de lectura donde mullidas butacas formaban un círculo. —Para romper la indiferencia debéis abrazar la **generosidad** —explicó con voz cargada de sabiduría. Extrajo de un tomo gastado el siguiente relato y lo leyó con gravedad:

Flores del corazón

Pequeños arreglos florales, predominantemente rosas, aparecen cada mañana en cada uno de los umbrales de la pequeña comunidad suburbana.

Excepto por el niño y su abuela, que espían al amanecer desde el ático de la casa victoriana roja, nadie más sabe quién trae las flores; tampoco se pide a nadie que pague por ellas. Sin embargo, nunca faltan en su lugar ni dejan de dibujar brillantes sonrisas de alegría, así como corazones felices y risitas de los afortunados receptores.

Como cada mañana, el humilde hombre errante coloca arreglos florales en cada umbral: hermosas rosas rojas cortadas con amor y tierno cuidado.

El hombre que entrega flores del corazón vive sin techo; está desaliñado, viste ropas harapientas y zapatos ruidosos y agrietados; su cabello y su barba, tupidos, aparecen enredados y polvorientos; sus pasos son elásticos y erráticos y, aun así, de algún modo siempre lo conducen a su destino previsto.

—¿Cómo lo hace? —pregunta Jenny, la nieta más joven.

—Nadie lo sabe; es un hombre sin hogar —responde, asombrada, la abuelita—. Lo que sí sé es que no puede permitírselo —añade.

Su gran secreto, en realidad, no es tal: los secretos del corazón no son difíciles de desentrañar si uno mira con detenimiento, pero solo a través de las lentes de nuestro propio amor y afecto genuinos.

El hombre sin hogar rebusca y hurga, como siempre, pero para sus ofrendas diarias lo hace en los contenedores de basura de las floristerías de la ciudad vecina. Allí encuentra una abundancia de flores descartadas, suficientes para cumplir su propósito y sus buenas acciones de cada día.

—Abuelita, ¿puedes ver el tipo de zapatos que lleva? —pregunta Jenny, con sobresalto en la voz.

—No del todo, querida; solo sé que hacen bastante ruido cuando los arrastra. ¿Qué tipo de zapatos lleva el hombre sin hogar? —inquiere la abuela, desconcertada.

—¡Abuelita, abuelita, lleva botas de béisbol! ¡El hombre sin hogar camina con tacos todo el día! —exclama Jenny, con ojos llorosos y voz exaltada.

—Qué cosa tan terrible para un hombre tan bueno —observa la abuela, consciente de lo incómodo que debe de ser.

—¿Qué debemos hacer, abuelita? ¡Tenemos que hacer algo! —insiste Jenny.

—No lo sé, querida… A veces dar implica grandes sacrificios; otras veces no apreciamos ni valoramos lo que hace falta para que recibamos algunos de los regalos más maravillosos que disfrutamos —reflexiona la abuela en voz alta.

De improviso, la niña lleva a su abuela a una pequeña tienda.

Completamente emocionada, Jenny pregunta, elige y compra los zapatos más cómodos que allí encuentra.

Luego, corre tras el hombre sin hogar y le ofrece el par. Él parece nervioso e indeciso mientras la niña le coloca los zapatos en las manos y vuelve corriendo junto a su abuela. El buen hombre duda un instante; después se sienta en un banco, se calza los zapatos y da unos pasos. Entonces vuelve la cabeza lentamente hasta encontrar los ojos de la niña.

El hombre sin hogar muestra la más amplia y luminosa de las sonrisas, y la niña se la devuelve, temblando de alegría y lágrimas.

El hombre se aleja.

Aún tiene su misión diaria que cumplir, pero sabe —y se alegra de ello— que ahora está mucho mejor preparado llevar a cabo su noble misión.

Cerró el libro con suavidad. Los Arlequines permanecieron en un silencio pensativo. Reddish lo rompió:

—Entregó flores a todos sin pedir nada. Eso es generosidad, pero partió de su corazón compasivo.

Breezie añadió:

—Y la niña devolvió esa generosidad al ayudarlo con los zapatos. Vio su penuria y actuó.

Cornelius asintió.

—Un ejemplo perfecto de Generosidad: un acto compasivo siembra otro. La indiferencia lo habría dejado sufrir sin que nadie reparase en él.

Probando su comprensión

Un tenue resplandor en la esquina más alejada de la tienda atrajo su atención: un niño fantasmal, vestido con harapos, ojos anegados de tristeza. Extendía la mano en silencio mientras ilusiones de transeúntes lo rehuían, indiferentes.

Los Arlequines reaccionaron juntos, no solo para disipar la ilusión, sino para consolar al niño. Checkered conjuró un pequeño orbe de calor, Firee aportó una luz suave y Greenie susurró palabras tranquilizadoras. El niño parpadeó y se disolvió en un resplandor agradecido.

—Elegisteis la Generosidad, mostrando compasión frente a la apatía —observó Cornelius—. Así se vencen ilusiones nacidas de la indiferencia.

Cerró ambos tomos y los devolvió a los estantes.

—Yo mismo acaparaba conocimiento, ignorando las necesidades de todos —confesó—. La amabilidad de un joven aprendiz me rescató de mi soledad; desde entonces defiendo estas virtudes.

Una lente brillante

Siguieron a Cornelius hacia la salida. La puerta se cerró con un leve clic. En cuanto abandonaron el resplandor de la librería, los muros de la Torre se difuminaron en una niebla arremolinada que los depositó en una esquina iluminada por la luna, en las calles atemporales del Londres paralelo.

Al girarse, la fachada de la librería había desaparecido; solo quedaba un viejo muro desnudo. En su lugar flotaba una pequeña lente que refulgía en el aire.

Blunt la recogió con cuidado. Enseguida resonó en su mente el eco suave de la voz de Cornelius:

«Cuando las ilusiones cieguen vuestro ánimo y la indiferencia tiente vuestro corazón, que la Amabilidad avive vuestra Generosidad. Entonces ninguna oscuridad prevalecerá».

—¡Otra forma de la Lente de Claridad! —exclamó Firee con emoción—. Está afinada para revelar no solo ilusiones: también cualquier atisbo de apatía.

Checkered soltó el aire y guardó la lente con esmero:

—La necesitaremos.

Frustración del Duende Maléfico

En las sombras más profundas de la Torre, el Duende hervía de rabia. Furia y astucia centelleaban en sus facciones retorcidas al sentir cómo se fortalecía el vínculo de los

Arlequines. No obstante, una sonrisa cruel se dibujó en su rostro: aún le quedaban incontables ilusiones que desatar.

Determinación renovada

Cuando abandonaron el patio ya vacío, los Arlequines sintieron una oleada de propósito. Habían enfrentado la indiferencia y la habían rechazado. Reforzados por la lección de que la Amabilidad nutre la Generosidad, avanzaron en la noche mágica del Londres paralelo.

La ciudad distaba mucho de ser segura: ilusiones acechaban en cada esquina. Pero sabían que la apatía era la victoria más sencilla para el Duende. Mientras actuaran con compasión —recordando el sacrificio cotidiano del hombre sin hogar y la tristeza del niño ilusorio— no fracasarían. La siguiente prueba aguardaba, y estaban dispuestos a ver, cuidar y elegir la empatía donde otros apartarían la mirada.

Así concluyó el episodio: la librería antigua se desvaneció sin dejar rastro, dejando tras de sí una lente luminosa y una determinación más honda en el corazón de cada Arlequín. No volverían a ser indiferentes a ningún grito de ayuda ni a las ilusiones del Duende. Nunca más.

Capítulo 5: Perdidos en el laberinto

La mañana se alzaba suavemente sobre los tejados del Londres paralelo, pero los seis Arlequines hallaban poco consuelo en aquel amanecer tenue. La ansiedad pesaba sobre ellos; cada cual era dolorosamente consciente de que valiosas horas habían transcurrido dentro de un laberinto mágico que retorcía las calles hasta volverlas irreconocibles. No habían encontrado rastro del siguiente mentor y la frustración roía sus ánimos.

—Hemos pasado por esta esquina tres veces —protestó Greenie, mirando con fastidio la vidriera espejada, llena de baratijas levitantes.

Se hallaban en un cruce concurrido, repleto de magos y conjuradores ocupados en sus quehaceres. Sin embargo, cada callejón resultaba inquietantemente parecido: ilusiones mudaban las fachadas y los letreros. Checkered exhaló despacio al ver la imagen desvaída de un reloj de arena en un vetusto muro de piedra, recordatorio mudo de que el tiempo jugaba en su contra.

—¿Nos volvemos más sabios o solo giramos en círculos? —murmuró, trazando el reloj de arena con la yema del dedo.

Blunt esbozó una pequeña sonrisa:

—La sabiduría no siempre se percibe al instante; cada decisión, acertada o no, nos enseña algo.

Breezie asintió, la mirada perdida:

—Y cada grano de arena que cae moldea en quiénes nos estamos convirtiendo.

Aun así, su avance parecía inútil. Tras horas de deambular no aparecían mentor ni pista. Finalmente, Breezie suspiró con voz cansada:

—Casi amanece y seguimos atascados. Ni rastro del próximo guía.

Una distracción embrujadora

En ese momento, música orquestal lejana flotó entre la bruma matinal. Guiados por el sonido, llegaron a una amplia plaza donde juerguistas vestidos a la victoriana danzaban alrededor de fuentes chispeantes. Al inicio resultaba encantador, pero Firee percibió una amenaza bajo la euforia.

—Podría ser otra ilusión —advirtió—. No podemos permitirnos más distracciones.

Demasiado tarde: un torbellino de bailarines los rodeó, los trajes vibrantes describían arcos vertiginosos. Los Arlequines quedaron atrapados en un hechizo que los obligaba a unirse al baile.

—¡Usad la Lente de Claridad, ahora! —gritó Blunt por encima de la música.

El familiar fulgor de la lente cortó de inmediato las ilusiones. Breezie señaló una ruta de escape y, juntos, se liberaron, huyendo sin aliento hacia una calle lateral. Las figuras se desvanecieron y quedaron en un distrito desconocido, lejos de su punto de partida.

Farolas mágicas se mezclaban con luces urbanas convencionales.

—Parece la fusión de dos mundos: tecnología e ilusiones —murmuró Firee, pasándose la mano por el cabello.

—Será mejor encontrar a nuestro mentor y su librería ambulante —dijo Checkered—. Manteneos atentos a cualquier señal.

Siguieron avanzando, escudriñando cada edificio en busca de un destello arcano.

—Hemos perdido más tiempo, de nuevo. Si hubiésemos usado la lente antes… —se lamentó Checkered.

Reagrupamiento y el sollozo de un niño

Los Arlequines alcanzaron por fin una pequeña plaza iluminada por un farol titilante; el corazón les martilleaba tras la persecución. Thumbpee se posó en el hombro de Blunt y los reprendió con severidad:

—¡Teníais la lente todo este tiempo! ¿Por qué perseguir ilusiones a ciegas? Si seguís dejando que reine la confusión, perderéis vuestros dones.

La recriminación caló hondo. Tenía razón: la disciplina exige usar los poderes de forma preventiva, no solo en crisis.

Antes de replicar, Buggie revoloteó sobre sus cabezas y proyectó un rayo verde hacia un callejón.

—¿Nuestro mentor estará allí? —musitó Checkered.

Thumbpee cruzó los brazos:

—Tal vez. Recordad: practicad vuestras virtudes sin descanso. El pánico y el descuido permiten que las ilusiones prosperen.

Blunt alzó la lente de nuevo y la dirigió tanto al exterior como a sí mismo. Una claridad inédita se posó sobre ellos, revelando un sendero que brillaba al compás de sus latidos. Lo siguieron, decididos a no ser engañados otra vez.

De pronto, un suave sollozo llegó desde un callejón angosto. Dudaron: el tiempo apremiaba. Pero Checkered negó con firmeza:

—La amabilidad nunca es una distracción.

Los demás la secundaron. Encontraron a una niña que abrazaba una muñeca de porcelana rota; las lágrimas le resbalaban, ignoradas por las ilusiones que pasaban. Greenie se arrodilló con delicadeza.

—¿Qué ha ocurrido?

—Mi muñeca… está rota —sollozó.

Sin vacilar, Firee recogió los fragmentos y lanzó un hechizo reparador. La muñeca se recomponía ante los ojos de la niña, que quedó boquiabierta y agradecida… y luego se desvaneció con la ciudad ilusoria, como si jamás hubiese estado allí.

La amabilidad revela al mentor

Una voz resonante emergió de las sombras: **Lazarus Zeetrikus** avanzó con paso sereno; su presencia irradiaba gravedad y calidez a un tiempo.

—Por fin me habéis encontrado. Solo un acto de amabilidad—ayudar a un desconocido sin esperar recompensa—podía guiaros hasta aquí.

Zeetrikus se erguía más alto que cualquier Arlequín. El viejo sombrero, doblado, oscilaba precariamente sobre su maraña de cabello blanco y áspero, lo que le confería un aire algo caprichoso; pero la expresión surcada de su rostro sugería penas profundas. A ratos apretaba los labios, como si batallara contra una amargura persistente.

Aun así, les ofreció una gentil media reverencia:

—Se me conoció por guardar rencores —admitió, tocando el ala doblada del sombrero—. Pero los agravios solo lastran el alma, chicos. La amabilidad los disuelve más deprisa que el tiempo.

Inspiró hondo, su figura alta se inclinó bajo el peso de viejos remordimientos.

—En otra época me negué a perdonar a un amigo —confesó con voz trémula— y las ilusiones me devoraron por ello. No permitáis que se apoderen de vuestro corazón del mismo modo.

Les indicó que lo siguieran por callejones serpenteantes hasta una puerta de madera casi invisible entre edificios decrépitos. Sobre ella relucían letras doradas:

"El Bufón – Libros antiguos para todas las edades"
(Est. hace mucho, mucho tiempo)

En el interior, la librería respiraba magia: estanterías que se alzaban hasta perderse en la penumbra; faroles flotantes iluminaban tomos encuadernados en materiales exóticos. Lazarus tomó asiento junto a un atril ornamentado e invitó a los Arlequines a reunirse.

Primero abrió un volumen delgado y, con una cadencia serena, leyó:

*

Amabilidad

Es el gesto genuino, espontáneo,

humilde y dadivoso.

Es gentileza y noble generosidad,

es piadosa empatía,

es humildad con clase

y candor del corazón.

Es encanto desinteresado:

una virtud rara que no

busca, espera ni necesita recompensa.

Es amor puro, impregnado de respeto;

son actos sin ego ni galardones,

la acción bienintencionada,

la elección libre y profundamente sabia,

donde nuestros mejores atributos y el reloj de nuestra vida,

—impulsados por las formas más puras de amor

y guiados por la empatía auténtica—

se ponen al servicio

del bienestar o la mejora de otros.

La amabilidad es un don celestial

que cuesta hallar o dar cobijo

en «el gran entramado de las cosas»,

más abunda sin medida

y sucede

en los pequeños momentos,

en los detalles diminutos de la vida;

ahí reside,

ahí puede encontrarse

la Amabilidad auténtica,

uno de los tesoros más verdaderos y valiosos

que podemos otorgar o poner al mejor uso en la vida.

*

Cerró el libro con delicadeza y permitió que las palabras calaran.

—La amabilidad nunca es un esfuerzo estéril ni una muestra de debilidad —dijo Lazarus en voz baja—; transforma corazones, como hicisteis con aquella niña que lloraba.

Acto seguido extrajo otro manuscrito antiguo, rotulado con letras arremolinadas, y leyó con entusiasmo:

*

El vendedor ambulante de Portoviejo

El joven recorre las calles de Portoviejo;

vende sin descanso,

sin permiso,

desde el amanecer hasta el anochecer.

Cada día,

a primera hora,

toma el autobús hacia el centro

y allí permanece el resto de la jornada.

Un rebelde flequillo castaño le cubre la frente;

sus ojos, siempre asombrados,

destellan curiosidad.

Viste bermudas arrugadas,

zapatillas de lona a cuadros

y la camiseta blanca, cruzada por una franja roja diagonal,

de la selección peruana de fútbol.

Silba y tararea sin cesar,

impulsado por un ánimo jovial,

una férrea determinación

y una disposición luminosa

empapada de entusiasmo

por la vida y su gente.

Mientras sus brazos aguanten la carga,

el vendedor ofrece

lo que sus clientes necesitan.

Posee un instinto innato para el mercado;

por eso rara vez yerra

al decidir qué vender cada día.

Lo que exhibe hoy

parecen harapos de tela y cuero

colgados de ambos antebrazos;

mirados de cerca

son cinturones y corbatas.

Mas su oficio no está exento de contratiempos.

Su principal preocupación

es mantenerse un paso por delante de la policía:

de lo contrario, le confiscarían la mercancía.

Sabe que, por lo general,

las autoridades hacen la vista gorda;

sin embargo, nunca se sabe

qué agente de la ley pudiera aparecer ese día…

Su temor constante no es ser víctima de robo,

ni de sus potenciales clientes

ni de los maleantes callejeros

que, por desgracia, abundan en la ciudad.

—¡No hay mejores corbatas ni cinturones en el mercado!

Los tengo en todos los tamaños y colores; elija uno,

dos o tres, ¡y quizá hoy la buena fortuna le sonría!

Vende sin descanso.

Al pasar junto a una cafetería callejera,

sin que nadie se lo pida,

el vendedor se acerca a una mesa

donde un hombre corpulento y una mujer elegante

cenan al aire libre.

Se coloca al lado del comensal distraído

y despliega cintos y corbatas,

alzando alternativamente los brazos

para mostrar su género.

Inicialmente, el hombre corpulento ignora al joven;

pero, cuando el efusivo vendedor ambulante insiste,

lo despide con brusquedad.

Al tercer intento del muchacho,

el comensal estalla.

Se pone en pie, grita, maldice y arremete

contra el vendedor, que queda sobrecogido y atemorizado.

—¿No sabes respetar la privacidad de las personas?

—Dame uno de esos —brama el hombre,

y, de forma inesperada, arranca un cinturón

del brazo del muchacho.

—Esto es basura —desprecia,

y, sin siquiera mirarlo,

lo arroja violentamente al suelo.

—Ahora, lárgate —vocifera,

ignorando las protestas de su acompañante.

Abatido, el joven recoge a toda prisa el cinturón

y se aleja hacia la acera opuesta;

se sienta en un banco de la parada de autobús.

Se le ve cabizbajo, con la espalda encorvada.

En la mesa, el hombre corpulento

continúa cenando con apetito,

hasta que… deja de hacerlo.

Justo después de engullir

un puñado de cacahuetes,

tose primero

y luego empieza a ahogarse.

Mientras su compañera permanece inerme,

él se incorpora de golpe

y agita los brazos con desesperación:

no puede respirar.

Al otro lado de la calle, el vendedor

advierte el tumulto

y, sin pensarlo, corre hacia el hombre asfixiado.

Desde atrás, el joven

inserta ambos brazos bajo las axilas

y rodea el pecho del afectado;

pero, al intentar levantarlo

y comprimir su torso,

comprueba que no puede:

el hombre es demasiado grande y pesado.

Sin desanimarse, suelta el agarre,

toma uno de sus cinturones

y, de nuevo por la espalda,

lo pasa alrededor del pecho del atragantado.

Tirando con fuerza de ambos extremos,

aprieta y afloja rítmicamente—

una maniobra semejante a la de Heimlich—

para provocar el impulso de expulsión.

Así sucede:

el hombre corpulento tose un trozo de alimento.

Entre alivio súbito y desconcierto,

ve cómo aquello sale despedido y entiende

que el peligro ha desaparecido de inmediato.

Cuando logra enfocarse,

comprende que el joven vendedor

acaba de salvarle la vida.

Su expresión muda de alivio a vergüenza

hasta que las lágrimas afloran;

avanza despacio hacia su improbable salvador

con gratitud profunda dibujada en el rostro.

Abraza al muchacho con fuerza

y rompe a llorar,

liberando el miedo acumulado.

—Muchas gracias, trabajador de milagros…

No merecía—ni merezco—

esta bondad, tu generosidad ni tu misericordia.

Entonces repara en los cinturones y corbatas

esparcidos por el suelo;

sin dudar, los recoge uno a uno

y, tras ordenarlos, se los entrega al vendedor.

Mientras lo hace, inclina la cabeza

en señal de absoluto respeto

a su generoso benefactor.

—Has tenido la entereza y la fuerza de carácter

de dejar a un lado el rencor

y sustituirlo en un instante

por valentía y auténtica amabilidad:

ingredientes esenciales de un corazón dadivoso.

Es una lección de vida que me ha bendecido,

una que atesoraré para siempre.

*

Lazarus terminó de leer y dejó que el silencio perdurase.
Después preguntó:

—¿Qué veis en esa historia?

Breezie fue el primero en hablar:

—El vendedor fue humillado y pudo marcharse, pero eligió la amabilidad. Salvó a alguien que lo había agraviado.

Checkered añadió en voz suave:

—Es más que cortesía: es la disposición a ayudar incluso cuando te han herido.

Los callejones de Shanghái parpadearon en la mente de Breezie: se vio, más joven, adelantando el paso junto a la mano tendida de un mendigo.

—¿*Spare a coin?* —rogó el hombre; Breezie se apresuró.

Más tarde, su cuerpo yacía inmóvil en la calle.

—No lo vi… —susurró Breezie ahora, con la vergüenza retorciéndose en su vientre.

La voz de Lazarus fue gentil:

—La amabilidad *observa*.

La ilusión se desvaneció y dejó a Breezie temblando.

Lazarus inclinó la cabeza, satisfecho:

—Sí. La verdadera amabilidad olvida rencores y permite la compasión frente a la hostilidad. La indiferencia o el resentimiento habrían dejado que ese hombre muriera asfixiado; la amabilidad lo trascendió.

Regalos del corazón

Mientras Lazarus cerraba el libro, la luz de la lámpara parpadeó en un remolino de magia suave. Se volvió hacia Blunt y le ofreció un pergamino plegado:

—Tómalo. Desvela un nuevo poder: la **Vista del Empático**. Con ella podrás vislumbrar las emociones que se ocultan tras las ilusiones y ver la verdad más allá de las máscaras.

Reddish, entretanto, reparó en otro pequeño pergamino que brillaba en un estante. Las letras reorganizadas rezaban:

Escudo del Corazón

Breezie lo leyó con creciente emoción:

—Una barrera protectora para nuestros sentimientos. Puede repeler ataques emocionales de las ilusiones, en especial las manipulaciones del Duende Maléfico.

Lazarus sonrió:

—Exacto. Habéis mostrado amabilidad, y ella os otorga empatía. Cuidad bien estos dones. No hay tiempo que perder.

Greenie vaciló, recordando sus dudas:

—Pero… ¿y los errores que cometimos? ¿Estamos de veras preparados?

La mirada intensa de Lazarus se suavizó:

—La amabilidad no exige perfección; exige sinceridad. Cada acto la fortalece. Recordad a la niña con su muñeca rota y al vendedor que salvó la vida de un hombre cruel: la amabilidad siempre deja espacio para crecer.

Dicho esto, se desvaneció en las sombras; los estantes y faroles de la librería se disolvieron. El edificio desapareció, y los Arlequines quedaron en una calle tranquila bajo un cielo que comenzaba a clarear.

Una urgencia final

Empuñando la **Vista del Empático** y el **Escudo del Corazón**, los Arlequines regresaron al amanecer del Londres paralelo. Las ilusiones y las energías arremolinadas habían cambiado; la disposición de la ciudad se transformaba otra vez. Se miraron, conscientes del reloj que avanzaba: apenas quedaban unas horas.

Thumbpee revoloteó, y, aunque su voz traía un tono de aprobación, fue escueta:

—Al menos habéis hallado al mentor correcto. Usad estos dones con juicio. *El. Tiempo. Es. Breve.*

Un temblor recorrió al grupo. Desde el extremo del callejón, el Duende Maléfico los observaba con deleite gélido. No podían verlo, pero sentían su presencia, ansiosa por explotar cualquier desliz.

Aun así, se sentían más fuertes: la Amabilidad les había dado empatía y valor. Un resplandor tenue emanaba de los nuevos poderes —la Vista del Empático y el Escudo del Corazón—, listos para rechazar ilusiones que atacaran sus emociones.

Intercambiaron asentimientos firmes. Con o sin la siguiente pista, seguirían adelante sin amargura y protegidos por la compasión. Otra prueba aguardaba, pero, alimentados por la Amabilidad, no avanzarían con miedo.

Callejones estrechos se retorcían en bucles de color; cada recodo revelaba nuevas ilusiones que gruñían con la risa del Duende. Firee divisó un claro, pero las sombras barrían cada salida.

—No podemos luchar contra todas —admitió Greenie, con voz tensa—. Pero… ¿recordáis nuestro poder de portal de Praga?

Breezie asintió:

—¡Solo funciona si todos acordamos el destino!

Las ilusiones se abalanzaron, sombras retorciéndose sobre sus cabezas. Rápidamente, los seis Arlequines cerraron los ojos en un consenso silencioso: *«La plaza abierta más cercana junto a la Tienda del Bufón»*. Blunt deslizó la mano en el aire; una puerta brillante deformó la luz circundante. Con una explosión colectiva de voluntad, la atravesaron y se desvanecieron segundos antes de que las ilusiones colapsaran sobre el lugar.

Reaparecieron bajo una luz solar serena: aún jadeaban, pero estaban libres.

Sospechas crecientes

Greenie —aferrando la **Vista del Empático**.

—¿Ha sentido alguien más… traición en esa última ilusión? Como si el Duende estuviera **poniéndonos a prueba**.

Firee —con la mirada sombría—:

—Ha hecho más que eso; **ansía** nuestros tropiezos.

Un relámpago centelleó sobre sus cabezas, proyectando sombras dentadas sobre los tejados.

Blunt:

—Avanzaremos, pero no ignoremos las señales. Lo peor aún podría estar por venir.

Doblaron la esquina, y las ilusiones se arremolinaban a lo lejos, prometiendo cualquier cosa salvo descanso.

Capítulo 6: Desayuno con el Orloj

El amanecer proyectaba sus primeros rayos dorados sobre el Londres paralelo, disipando los últimos vestigios del encanto nocturno. Las calles, que durante la noche habían brillado con magia, se animaban de nuevo: magos compraban ingredientes frescos para pociones en puestos bulliciosos; niños, montados en escobas, reían mientras practicaban hechizos de levitación a baja altura; y elegantes carruajes tirados por caballos alados traqueteaban sobre los adoquines. La ciudad vibraba con una energía radiante.

Para los Arlequines, sin embargo, el nuevo día traía una urgencia creciente. Habían malgastado horas preciosas defendiéndose de ilusiones y escapando por poco de trampas. Sabían que cada momento contaba: el reloj del Orloj se cernía sobre su búsqueda final.

Una invitación sorpresa a desayunar

Mientras avanzaban en dirección al Big Ben, una voz jovial y resonante les llamó:

—¡Arlequines! ¡Por aquí!

Divisaron a un hombre corpulento sentado en un café callejero. El reconocimiento asomó al rostro de Blunt:

—¡Orloj!

Intercambiaron miradas ilusionadas y se apresuraron. Era el Orloj —en forma humana— sentado con sonrisa afable; Buggie revoloteaba encima de su cabeza y Thumbpee permanecía erguido al lado de un azucarero. El café bullía de magos que sorbían tés aromáticos; algunos levitaban pasteles distraídamente mientras charlaban.

—Venid —dijo el Orloj, señalándoles las sillas—. Compartid el desayuno conmigo. Tenemos mucho que tratar.

Se acomodaron. Camareros trajeron pastelillos encantados que brillaban suavemente con filigranas rúnicas y teteras humeantes. Por un instante se permitieron saborear el optimismo matutino de la ciudad.

Revisando su progreso

Entre bocado y bocado, los ojos del Orloj —amables, pero penetrantes— recorrieron a cada Arlequín:

—Lo hacéis bien, aunque percibo vuestras fatigas. El Duende Maléfico se vuelve más audaz; se alimenta de vuestra indecisión.

Firee tragó con dificultad y dejó la taza:

—Nos sorprende una y otra vez. Tenemos la Lente de Claridad, el Escudo del Corazón…, pero a veces los usamos cuando casi es demasiado tarde.

Un destello de desaprobación paternal cruzó el rostro del Orloj:

—Exacto. Las herramientas son inservibles si no las blandís. El tiempo apremia: ese plazo de veinticuatro horas no se detiene. Cada demora aviva las ilusiones del Duende.

Thumbpee repiqueteó con su pie diminuto:

—Y a las ilusiones les fascina la falta de precaución.

Greenie asintió, contrita:

—Lo intentamos de veras, pero la ciudad es enorme; hay trampas en cada esquina.

El Orloj se inclinó hacia delante, girando la taza entre sus manos callosas:

—Confiad en lo aprendido: Generosidad, Amabilidad, Claridad. El próximo mentor os mostrará algo nuevo, sí, pero no descuidéis los poderes que ya poseéis. Solo usándolos de forma constante impediréis que las ilusiones os alcancen.

Precaución de un reloj paternal

Apuró un cruasán y los miró con firmeza suave:

—El Duende es astuto: se aferra a cualquier vacilación. Si dudáis o discutís, las ilusiones caerán sobre vosotros. Usad la lente al primer indicio de engaño; desplegad el escudo cuando algo tire de vuestras emociones. Cada segundo perdido puede resultar costoso.

Sus palabras no eran una nueva lección moral, sino una directriz táctica. Thumbpee asintió enérgicamente, mientras Buggie proyectaba destellos verdes sobre la mesa.

Reddish exhaló con lentitud:

—Entendido. No podemos repetir los mismos errores.

El gesto severo del Orloj se dulcificó:

—Tenéis fuerza y sabiduría suficientes para triunfar, si las aplicáis. Os he visto crecer desde Praga, Venecia, París… Ahora os halláis al borde de un poder que supera la Maestría, pero el sendero se estrecha: ojos alerta, corazones firmes.

Palabras de despedida

Satisfecho, el Orloj se incorporó:

—Acabad vuestro desayuno. Después, id en busca del siguiente mentor. No queda tiempo que perder.

Palmoteó a Buggie y guiñó un ojo a Thumbpee; acto seguido, un remolino de motas doradas lo difuminó entre la multitud mágica. Un instante estaba allí; al siguiente, había desaparecido.

Los Arlequines dieron el último sorbo al té; Buggie trinó encima de ellos y señaló una calle que, súbitamente, se abría en un abismo. Adoquines desgajados flotaban en el aire entre destellos reveladores.

—¿Es real? —preguntó Greenie, con el corazón desbocado.

—Parcialmente —estimó Checkered, tanteando el vacío con un haz de luz—. Habrá que cruzarlo.

Recordaron su hechizo de levitación de Venecia —solo uno podía flotar a la vez—. Turnándose, se transportaron mutuamente sobre el hueco ilusorio, pasándose provisiones mientras las sombras chirriaban abajo. Por fin pisaron suelo firme, con el pulso acelerado.

Sospechas crecientes

Reddish bromeó:

—Una cucharada de positividad habría ayudado, pero, al parecer, también sirve un toque de levitación.

Durante un instante guardaron silencio; la silla vacía les recordaba lo fugaz que podía ser semejante guía. La melodía de Calíope de un tiovivo se percibía a lo lejos.

Sintieron cómo la presencia del Orloj se desvanecía; su consejo final resonó en sus mentes:

—Donde las ilusiones se ciernan más oscuras, **mantened el asombro cerca**.

Así, con el crepúsculo apagándose, siguieron adelante; llevaban la chispa de los clásicos infantiles británicos en el ánimo, dispuestos a hacer frente a nuevas ilusiones.

Momentos después, las sombras—que se deslizaban—se apartaron y los guiaron hacia la Torre de Londres, donde les aguardaban pruebas decisivas.

Mientras la música del tiovivo se extinguía, un leve rasguño—como garras sobre piedra distante—se oyó más allá del borde de la ilusión, inadvertido entre sus risas.

El regreso arremolinado de la señora V.

Cuando el brillo de despedida del Orloj se disipó en las calles iluminadas, los Arlequines se detuvieron un momento, recordando el consejo recibido: **usad vuestras virtudes sin demora; la vacilación alimenta las ilusiones**. Blunt observó las avenidas bañadas por la luna del Londres paralelo, medio esperando otra trampa. De pronto, Buggie gorjeó y señaló una nueva dirección.

Apenas dieron dos pasos cuando un caleidoscopio de colores pastel cruzó su camino, bañándolos en motas resplandecientes; un zumbido familiar flotaba en la brisa mágica.

—¿Esa energía…? —susurró Greenie con los ojos muy abiertos.

Las motas convergieron y formaron a la señora V.: silueta diminuta, semitransparente, capa ondulante entre lo etéreo y lo real y ojos cargados de calidez fantasmal.

—Mis queridos jóvenes magos —saludó—. El Orloj me concede un momento para compartir un último destello de asombro antes de que vuestras pruebas se oscurezcan. Quizá os preguntéis por qué regreso: él mismo os emplazó a «mantener el asombro». Y ¿dónde florece más el asombro que en las páginas de los cuentos más queridos de Inglaterra? Ahora os guiaré a una calle del Londres paralelo tejida con la trama de esas historias eternas.

La señora V. agitó la mano: la sombra de Peter Pan danzó sobre la mesa y se transformó en un niño que caía con los ojos huecos.

—Hay quienes pierden su rumbo persiguiendo estrellas perdidas —murmuró.

—¿Es ese nuestro enemigo? —preguntó Greenie, sobresaltada.

—Tal vez lo fuera —respondió ella con enigma—, antes de que las sombras lo reclamaran.

La figura se evaporó, dejando un escalofrío.

—El tapiz del tiempo es flexible aquí —continuó—. Traigo una invitación al **Gran Tapiz de Cuentos Infantiles Británicos**, un reino que prende la imaginación de los suficientemente jóvenes… o valientes.

Trazó en el aire un portal irisado; en su superficie ondeaban paraguas voladores, barcos piratas y hongos gigantes.

—Atravesadlo. Dejad que el asombro infantil disipe las ilusiones. Luego reanudad la búsqueda del Orloj: el tiempo es fugaz.

Sintiendo la sinceridad que irradiaba la mentora, los Arlequines asintieron y cruzaron al otro lado.

Entrando en las calles de retazos

Emergieron en un callejón adoquinado bajo un cielo nacarado. Cada tramo del suelo era distinto: en un extremo se veían casas eduardianas; en medio, velas de un barco pirata giraban en espiral; más allá, un sendero cubierto de caramelos brillaba.

Un deshollinador de acento cockney se quitó el gorro ennegrecido y sonriente exclamó:

—¡Caray! Bienvenidos al **Gran Tapiz de Cuentos Infantiles Británicos**. Cuidado: estas ilusiones son resbaladizas cual tejado bajo la lluvia.

Hizo un gesto para que avanzasen; los Arlequines intercambiaron sonrisas excitadas, aunque la urgencia de su misión siguiera latiendo.

Peter Pan:
Tejado estrellado en "Londres Nunca Jamás"

En la primera curva del callejón, las casas se estiraron hacia lo alto y se fundieron en un horizonte de tejados bajo estrellas arremolinadas. Un niño vestido de verde dio volteretas sobre sus cabezas, dejando tras de sí un reguero de polvo de hadas. Se detuvo en pleno aire y miró a los Arlequines con escepticismo juguetón.

—Los adultos siempre estropean la diversión. ¿Estáis listos de verdad para enfrentar ilusiones? —retó.

Checkered contuvo la risa.

—Vemos ilusiones a diario, pero… ¿podemos volar por encima de ellas?

—¡Todo lo que se necesita es fe, confianza y un poco de polvo de hadas! —proclamó Peter Pan, con las manos en la cintura—. Si creéis que estáis anclados, las ilusiones os retendrán. Creed que podéis volar… ¡y arriba!

Para demostrarlo se lanzó hacia un barranco que unía dos tejados; el vacío parecía interminable.

—Vamos, saltad. ¡Pensamientos felices, todos! —animó.

Con una respiración colectiva, los Arlequines saltaron. Durante un instante de vértigo las ilusiones intentaron aferrarles los tobillos, pero el recuerdo de la confianza infantil les impulsó. Aterrizaron entre gritos de júbilo; el cielo estrellado se transformó en luz de amanecer. La voz de Peter resonó detrás:

—Nunca digáis adiós, porque adiós significa olvidar.

Mary Poppins: Una fila de Londres dibujada con tiza

Los tejados se fundieron en una calle eduardiana de tonos pastel; una música suave flotaba en la brisa. Una niñera sonriente descendió del cielo, sujeta a un paraguas de mango de loro.

—Escuchen, jóvenes magos: las ilusiones de esta ciudad son un desastre. Una cucharada de positividad y quizá las pongan en orden —advirtió Mary Poppins, «prácticamente perfecta en todo sentido».

Reddish se maravilló.

—Haces que parezca fácil…

—En cada tarea hay un elemento de diversión —entonó Mary—. Incluso las ilusiones ceden ante un toque de alegría.

Señaló una caja rotulada «Dudas». Cada Arlequín intentó levantarla; la ilusión la volvía inamovible. Mary guiñó un ojo y espolvoreó polvo brillante. Firee evocó un recuerdo feliz; juntos elevaron la caja sin esfuerzo.

—¿Veis? Corazones ligeros, cargas ligeras. Ahora, seguid vuestro camino —dijo, elevándose de nuevo mientras tarareaba.

Oliver Twist: Un callejón victoriano sombrío

La calle pastel se oscureció en un callejón cubierto de hollín, alumbrado por lámparas de gas. Un niño harapiento se acercó con un cuenco tembloroso.

—Por favor, señor… quisiera un poco más. ¿Me ayudaría a llevar este pan a los demás? —pidió Oliver con ojos suplicantes.

Al instante surgieron niños fantasmales encorvados a la entrada de un hospicio. Oliver parecía rendirse. Los Arlequines se apresuraron a repartir pan entre los huérfanos, pese a que las ilusiones siseaban: *¿para qué molestarse?*

Reddish negó con firmeza y continuó.

—La amabilidad puede escasear, pero es el único alimento que las ilusiones no roban si se comparte —susurró Oliver.

Breezie se arrodilló y sonrió:

—No lo olvidaremos.

La penumbra se disipó; los niños desaparecieron con sonrisas y Oliver se esfumó en una esquina. El callejón volvió a iluminarse.

***La isla del tesoro*: La cala pirata**

Un soplo de viento salado los sacudió. Los adoquines se trocaron en la cubierta de un bergantín. Cuerdas pendían sobre sus cabezas; el paisaje urbano se tornó oleaje bajo un cielo lunar.

—La equis señala el lugar, pero las ilusiones señalan las trampas. ¿Tenéis valor para reclamar la fortuna? —preguntó Jim Hawkins, sujetando un mapa.

Greenie encaró una ilusión de monstruo marino. Jim indicó repelerla con aplomo. Los Arlequines conjuraron hechizos y la criatura se disolvió en motas brillantes.

—Así es: solo los audaces hallan la verdad tras las ilusiones. Mantened la brújula del coraje firme. Ahora, izad anclas: vuestro próximo puerto llama —rió Jim.

El barco se desvaneció y devolvió el callejón.

Willy Wonka y la fábrica de chocolate:
Rayas de caramelo y capricho

Rayas de caramelo irrumpieron y revelaron una fábrica fantasiosa; ríos de chocolate serpentearon bajo sus pies. Un hombre extravagante, abrigo de terciopelo púrpura, chistera en mano, se inclinó:

—Bienvenidos a mi imperio de sueños comestibles. Todo aquí —árboles de azúcar, caminos con sabor a fruta—

demuestra que la imaginación endulza cualquier realidad —anunció Willy Wonka.

—Pero cuidaos ese diente dulce, queridos magos: la realidad es tan aburrida… ¡mejor colorearla con dulces! Aunque las ilusiones podrían provocaros una caries —los recibió Willy Wonka con una sonrisa traviesa.

Checkered aspiró el aire perfumado de chocolate y parpadeó:

—Esto es… surrealista.

—Maravilloso, sí, y peligroso también si vuestros ojos sobrepasan a vuestro corazón. Adelante: saboread la imaginación, pero mantened la cabeza fría —indicó, entregando a cada Arlequín un caramelo refulgente.

Se lo llevaron a la boca: una oleada de risas y color los inundó; las ilusiones se arremolinaron.

—No olvidéis lo que le sucedió al hombre que obtuvo todo cuanto deseaba… Vivió feliz para siempre —recordó Wonka; durante un instante el cinismo se derritió y un sinsentido infantil liberó sus mentes.

—Un poco de *nonsense* de vez en cuando agrada a los hombres más sabios. Ahora, adelante: aún quedan confites por descubrir en vuestra travesía —añadió con un guiño jubiloso.

Se desvaneció en una bocanada de humo con aroma a caramelo.

Alicia en el País de las Maravillas:
«Curiouser and curiouser»

El suelo de rayas se tornó un tablero de ajedrez; una sonrisa de Cheshire parpadeó y se diluyó excepto por unos dientes refulgentes. Todo exhibía proporciones distorsionadas. Un corredor pastel, flanqueado por letreros que apuntaban en direcciones contradictorias, bullía con un Gato de Cheshire, un Sombrerero Loco y un Conejo Blanco. Entonces apareció una niña de vestido azul, mirándolos con curiosidad.

—¡Cielos! No parecéis ni la mitad de desconcertados que yo. ¿Estáis seguros de ocupar la dimensión correcta? —preguntó Alicia, perpleja.

—Ya no estamos seguros de nada —rió Greenie.

—Perfecto: *curiouser and curiouser*. Aprendí que las ilusiones, como los acertijos, se desenredan si sigues preguntando. Preguntad por qué existe el sinsentido y, a veces, el sinsentido responde —explicó con una sonrisa pícara.

Un poste de señales giró de golpe; las flechas contradictorias aceleraron el remolino ilusorio. Los Arlequines examinaron cada dirección y descubrieron la única senda no bloqueada. Superaron así la paradoja.

—¡Mirad eso! Sabéis navegar la locura manteniendo la curiosidad. Adiós; me espera una fiesta de té —se despidió Alicia, feliz.

—Todos estamos locos aquí… Recordad que la lógica habitual falla en las ilusiones: solo la curiosidad y el ánimo de preguntar las conquistan. Cuestionadlo todo; las ilusiones dependen de supuestos sin revisar.

Hizo una reverencia y desapareció tras un hongo gigante.

Retorno al Orloj

Los cuentos se evaporaron en un destello de engranajes; el zumbido del Orloj los condujo al interior sombrío de la Torre, donde una pesada puerta se abrió y reveló una cámara de guerra antigua.

Reflexión colectiva

Al final del callejón, el Deshollinador reapareció; golpeó su escoba contra los adoquines:

—Ya han degustado los seis cuentos más queridos de Gran Bretaña. Cualquier ilusión del Duende, ahuyentadla con el asombro y la esperanza que estas historias han sembrado.

Los guio hasta un portal arremolinado. Allí aguardaba la señora V. con los ojos brillantes; el Deshollinador recitó alegremente:

—Peter Pan os enseñó la fe sobre la duda; Mary Poppins, la magia de la positividad; Oliver Twist, el poder de la compasión; *La isla del tesoro*, el coraje; Willy Wonka, el juego que destierra el cinismo; y Alicia, la valentía de interrogar las ilusiones.

Blunt tragó la emoción:

—Gracias. Recordaremos que el asombro infantil es inexpugnable.

—Exacto —sonrió la señora V.—. Vuelo mágico, cucharada de azúcar, búsqueda audaz… Todas recuerdan que las ilusiones no conquistan una mente nutrida de alegría y creencia.

Greenie parpadeó para ahuyentar las lágrimas:

—Será un recuerdo imborrable, señora V.

—Es hora, niños. El reloj del Orloj no se ralentiza. Conservad estas historias en el corazón —apremió.

Llamó a una última ondulación en el aire, el portal de regreso al Londres paralelo.

—¡Deprisa! El Duende acecha y mi tiempo se agota. Usad lo aprendido para manteneros firmes contra las ilusiones.

Regresando al Londres paralelo

En un torbellino de magia fulgurante, los Arlequines atravesaron el portal. Uno a uno completó aquel periplo de cuento, con el corazón templado por los recuerdos de Peter Pan, Mary Poppins, Willy Wonka, Alicia, Oliver y Jim Hawkins.

De inmediato regresó el paisaje nocturno del Londres paralelo: engranajes suspendidos sobre sus cabezas, farolas mágicas que centelleaban. La presencia de la señora V se disipó como un sueño exhalado. Volvió la cacofonía habitual: faroles flotantes, protecciones arcanas, el zumbido lejano de las ilusiones. Su último saludo se deshizo en brasas refulgentes.

Se hallaban exactamente donde habían estado—bajo el Big Ben, cerca de los recodos arremolinados de la ciudad—apenas unos instantes después de partir.

—¿Eso han sido solo segundos en tiempo real? —se maravilló Breezie.

Thumbpee resopló, pero dejó asomar una sonrisa a regañadientes:

—Ni siquiera las ilusiones pueden frenar vuestra lección de asombro infantil.

Checkered y Firee cruzaron miradas decididas.

—Tenemos estas nuevas enseñanzas —declaró Checkered—: amabilidad, fe, curiosidad… todo lo que hace retroceder a las ilusiones.

Blunt asintió con firmeza:

—No permitiremos que el Duende explote nuestras dudas. Sigamos sin vacilar.

Con espíritu renovado y el eco de seis cuentos imperecederos, se internaron aún más en las calles encantadas del Londres paralelo. Las ilusiones acechaban, pero sus corazones estaban fortificados: el reto de Peter Pan para volar, la cucharada de positividad de Mary Poppins, la súplica compasiva de Oliver, la osadía de Jim Hawkins, el sinsentido juguetón de Willy Wonka y la curiosidad indómita de Alicia brillaban en su interior como lámparas diminutas contra la oscuridad.

Instantes después, mientras las sombras se apartaban sigilosas, percibieron de nuevo el llamado silencioso del Orloj, que los convocaba hacia la Torre de Londres para unas pruebas que redefinirían las próximas ilusiones. Ahora portaban la chispa de los clásicos infantiles británicos en el pecho, dispuestos a combatir cualquier engaño que se atreviese a surgir.

Capítulo 7: Sombras de la pereza

Avanzando con cautela por las bulliciosas calles del Londres paralelo, a media mañana, los Arlequines sentían una excitación templada por la urgencia. La conversación con el Orloj había fortalecido su determinación; sin embargo, cada lapsus parecía robustecer al Duende Oscuro que merodeaba en las sombras mágicas de la ciudad. Peor aún, no poseían una pista clara sobre su próximo mentor y el tiempo avanzaba implacable.

—¿Cómo hallaremos al siguiente guía? —preguntó Breezie, mientras escrutaba los sinuosos callejones repletos de conjuradores y transeúntes mágicos.

Blunt alzó la **Lente de Claridad**, pero solo distinguió hilos de magia tenues y caóticos.

—No hay ruta obvia —admitió sombrío.

Checkered se plantó con firmeza:

—No podemos deambular sin más. El Orloj insistió en usar nuestros poderes y no sucumbir a la confusión. Mantengamos el foco.

Decididos a no malgastar más horas, se internaron en la urbe encantada. Las ilusiones pendían densas en el aire, pero avanzaron. Thumbpee lanzaba breves advertencias desde el hombro de Blunt, mientras Buggie planeaba en lo alto, escaneando defensas y trampas.

Una melodía tentadora

De pronto, Buggie descendió en picado, gorjeando con urgencia. Sobre los tejados resonaba una melodía inquietante. Firee la reconoció al instante:

—¡El Flautista de Hamelín nos llama de nuevo!

Con nuevo propósito invocaron **Dedos Pegajosos** y treparon por la fachada de un antiguo edificio. Sus corazones latían al contemplar el mosaico de tejados y chimeneas bajo el cielo pálido. A lo lejos, el Flautista saltaba de azotea en azotea, atrayéndolos con su melodía extraña.

Cada paso resultaba peligroso: tejas que cedían, defensas que disparaban ilusiones, sombras que se lanzaban desde rincones ocultos. Pese al cansancio, persistieron.

La trampa del Duende Maléfico

A mitad de camino, sobre los techos cercanos al Puente de la Torre, emergió la oscuridad: zarcillos sombríos los derribaron. Una carcajada ominosa retumbó: era el Duende.

—Tan resueltos… y, con todo, ese impulso de renunciar os tienta —se burló—. La pereza brinda alivio cuando la escalada se vuelve empinada. Entregaos a la holgazanería… y quizá os perdone.

Suspendidos sobre el turbulento Támesis, el pánico cundió. Blunt intentó usar la lente, pero el miedo nublaba su concentración.

—¡Unidos! La **Vista del Empático** —gritó Breezie—. ¡No dejéis que las ilusiones nos hagan claudicar!

Un pulso cálido los conectó; disiparon los susurros que invitaban a descansar. Comprendieron que el Duende se alimentaba de la rendición perezosa.

—¡La pereza no manda aquí! —vociferó Checkered—. Seguiremos, por difícil que sea.

Su determinación erosionó los zarcillos. Cayeron sobre varios tejados, magullados pero libres. En medio del caos, Firee y Greenie perdieron el equilibrio y se precipitaron al río.

Rescate en el río

Los reflejos actuaron. Checkered desplegó el **Escudo del Corazón** para repeler las ilusiones de desesperanza; Breezie se zambulló tras los caídos. Minutos después emergió, arrastrándolos a la orilla. Empapados, ambos lucían decididos.

—Casi… nos rendimos —confesó Greenie, tiritando.

—Pero no lo hicimos —jadeó Firee—. Lo superamos.

La nota final del Flautista

La melodía volvió a alzarse, guiándolos por cornisas hasta una modesta puerta cubierta de hiedra, encaramada entre chimeneas. El sonido cesó y dejó grabado un letrero:

«Dillibrante & Dillettante, Anticuaristas»

(Est. hace siglo y medio)

En el interior les aguardaba **Lettizia Dillettante**: alta, cabello blanco entretejido, falda hasta los tobillos que susurraba sobre el entarimado. La luz de una lucerna superior delineaba su rostro aguileño y el destello lechoso de sus ojos azules. Aunque su porte era refinado, cada gesto destilaba férrea determinación.

—La perseverancia —dijo con voz serena— se forja como el hierro: el fuego de las dificultades solo la templa.

Los miró con firmeza:

—Hoy coqueteasteis con la pereza. Un paso más y quizá nunca me habríais encontrado.

Sus palabras tejían un tapiz de coraje, cada hebra un reto para superar el deshilachado borde de la desesperanza.

Con un ademán los condujo al laberinto de estanterías iluminadas por orbes flotantes.

—La pereza roba la voluntad; solo la perseverancia la conquista.

Tres poemas: **Disciplina, Ímpetu, Perseverancia**

Los llevó a una mesa luminosa en el centro.

—La perseverancia no se sostiene sola: descansa sobre la disciplina y el ímpetu. Permitidme compartir tres poemas.

Abrió un pesado tomo y pasó a la primera sección:

*

Disciplina

La disciplina es una virtud con la que no nacemos;

por ello constituye un código de conducta

que debemos cultivar.

Es condición imperativa

para lograr de forma consistente cualquier objetivo,

prerrequisito del éxito,

y exige trabajar con denuedo

hasta convertirla en un HÁBITO inexpugnable.

Mientras (o hasta que) la disciplina arraigue

como hábito profundo

se percibirá pesada,

una carga de la que buscamos excusas para librarnos.

Por el contrario, cuando adopta la rutina casi militar

deviene virtud imperceptible

en la búsqueda de logros interminables y, sobre todo,

de **excelencia**

en cualquier empeño vital.

*

Lettizia alzó la vista:

—Sin disciplina os derrumbaréis ante ilusiones que os tienten a divagar. ¿Qué significa para vosotros?

Blunt reflexionó:

—Es el compromiso constante de actuar incluso cuando resulta incómodo; convierte el esfuerzo momentáneo en un hábito fiable.

—Exacto —aprobó Lettizia—. Pasemos al segundo poema.

*

Ímpetu

Cuando el deseo brilla y chispea

y se impregna de ingenio y entusiasmo;

cuando la energía brota en abundancia,

cuando la predisposición efervescente irrumpe sin freno;

cuando nuestro impulso se ciñe a una "visión de túnel",

cuando estamos obsesivamente "enfocados en la diana"

mientras actuamos

y nos embarcamos en cualquier empresa;

el ímpetu es una virtud vital,

una fuerza a tener en cuenta:

aporta cimientos indestructibles,

sostiene una energía interior inagotable,

una ansia tenaz e inflexible

y una determinación férrea

para trabajar, trabajar y trabajar

hasta prevalecer y conquistar,

alcanzar sueños audaces,

viajes aparentemente imposibles,

esos pináculos que solo los impetuosos cabalgan

en el tiovivo ascendente y descendente

de nuestra existencia, tan preciosa como breve.

*

—¿Qué extraéis del ímpetu? —preguntó Lettizia.

Checkered respondió:

—Es el fuego que alimenta la disciplina, el empuje crudo

que nos lanza hacia adelante como una corriente arrolladora

de motivación.

—Excelente —valoró ella—. Y ahora, el poema clave.

*

Perseverancia: motor y combustible

En el origen de las grandes hazañas,

donde esfuerzo y ambición convergen,

late una fuerza inquebrantable y luminosa:

la disciplina, luz guía.

No es fuego fugaz ni voluntad caprichosa,

sino constancia serena.

Construye puentes, despeja sendas

donde almas menores desfallecen.

Mas incluso el acero ha de doblarse para forjarse;

los motores, sin combustible, se detienen.

¿Qué mueve los pies y los mantiene firmes?

¿Qué alimenta el alma para proseguir?

El ímpetu que espolea esa fuerza,

que agita la voluntad y traza el rumbo,

es celo, coraje, fuego ardiente:

brasa viva de un deseo feroz.

A través de tormentas y cuestas empinadas,

corazones indómitos rehúsan dormir.

Con empuje implacable y constancia verdadera

abren caminos que pocos siguen.

Con coraje sólido y mente templada,

atraviesan pruebas feroces;

templan el fuego, afilan el acero,

y vuelven real la determinación.

Manos incansables cincelan de nuevo el destino

con visión obstinada e inmutable.

Quien se mantiene firme

no haya montaña que oculte la cumbre.

No es llama breve ni fuerza efímera,

sino terquedad férrea en la lucha.

Con gracia de voluntad irreductible

se alzan, se mantienen.

Cada paso, con ritmo medido,

abraza la adversidad, el trabajo, cicatrices invisibles

que forjan almas capaces de rozar las estrellas.

Con celo y esfuerzo, pulgada a pulgada,

sostienen la línea; no vacilan.

La resiliencia impulsa su ascenso imparable

a través de muros y tiempos sin término.

El esfuerzo, sin propósito claro, no se perpetúa.

¿Qué enciende la mente y renueva el fuego?

La creencia, la determinación,

una visión firme que evoluciona.

El llamado diáfano que hace alzarse año tras año.

La determinación ilumina el sendero;

en tareas hercúleas se mantienen.

La perseverancia distingue

a quienes conquistan en la penumbra.

Así, se alzan de nuevo sin cesar

hasta que el mundo reconozca

que quien recorre esta senda de oro

reclama los sueños que osó contemplar.

Forjada en fuego, la perseverancia

construye círculos virtuosos, escala más alto;

termina tareas, alcanza, vuela,

rompe límites y deja de ser

un soñador perdido en planes ociosos

para convertirse en quien actúa —no solo sueña.

*

Lettizia cerró el tomo con suavidad.

—La perseverancia es la virtud que derrota directamente a la pereza. La disciplina os mantiene constantes, y el ímpetu energiza vuestro avance. Unidlas y proseguiréis, por mucho que las ilusiones os inciten a abandonar.

Una prueba exhaustiva

Con un gesto, los pasillos de la tienda se alargaron y formaron un auténtico guantelete mágico. Ilusiones densas presionaban a los Arlequines; cada paso se sentía como vadear barro espeso. Aparecieron sillones confortables; las imágenes los invitaban a detenerse y descansar. Pero, recordando las palabras de Lettizia, siguieron adelante: la disciplina anulaba la fatiga, el ímpetu avivaba la mente y la perseverancia nutría cada paso. Al fin alcanzaron el extremo opuesto; las ilusiones se disiparon tras ellos.

Las piernas de Checkered ardían y el polvo de Pretoria nublaba su vista: revivía aquella vieja carrera con el rostro paterno decepcionado en la grada.

—Te rendiste —musitó la visión.

Ella se había detenido a medio trayecto, con los pulmones en llamas. Ahora, la tarea de Lettizia se cernía interminable.

—No puedo —jadeó.

—La perseverancia sobrevive a la desesperación —instó Lettizia.

—Esta vez, no —gruñó Checkered entre dientes y avanzó.

—Así se combinan las tres para vencer la pereza. No las olvidéis —aprobó la mentora.

Sello de la Resistencia

Entregó a Blunt un pergamino sellado.

—Habéis ganado el **Sello de la Resistencia**: la sinergia de disciplina, ímpetu y perseverancia. Usadlo bien; la pereza regresa con disfraces más sutiles.

Reddish lo desplegó con cuidado: un símbolo dorado relució, resonando con la energía del grupo. Cada uno sintió plenitud y una determinación anclada en los huesos.

Una sombra fugaz cruzó la pared del fondo y desapareció antes de que Reddish se girase, como si algo rastreara sus pasos vacilantes.

—Manteneos firmes ante las ilusiones de holgazanería —previno Lettizia—. Incluso un avance minúsculo rompe el yugo de la pereza.

Una advertencia final

Su mirada, por lo general severa, se dulcificó.

—Estuve al borde de la ruina, paralizada por creer que insistir era inútil. El impulso inquebrantable de un amigo avivó primero mi ímpetu, después mi disciplina y finalmente mi perseverancia. Abrazad las tres, o las ilusiones devorarán vuestra voluntad.

Paseó la vista por cada Arlequín; en su rostro aguileño se leía un orgullo comedido.

—He recorrido esos corredores de desesperación —confesó—. El coraje y la disciplina me sacaron adelante. No dudéis de que podéis resistir, por dura que sea la presión.

En un remolino de luz suave, Lettizia se fundió con los estantes; la tienda parpadeó y se diluyó hasta dejar a los Arlequines sobre un solitario tejado, bajo el cielo radiante del Londres paralelo.

Thumbpee asintió, renuente pero respetuoso:

—Habéis superado la pereza y aprendido la tríada que sustenta la perseverancia. El tiempo corre: ¡marchaos!

Determinación renovada

Con el **Sello de la Resistencia** en mano, los Arlequines sintieron la nueva sinergia: disciplina para actuar, ímpetu para impulsarse y perseverancia para sostenerse. Abajo, el Duende Maléfico hervía de rabia, pero ellos ya no temían claudicar. Cada paso los acercaba al secreto final del Orloj.

En la distancia, las ilusiones danzaban sobre el horizonte. El Duende acechaba más allá, preparando su próxima argucia. Aun así, descendieron del tejado con firmeza inquebrantable: si el camino era arduo, así lo enfrentarían, con disciplina, ímpetu y perseverancia fusionados.

Voz del Duende (retumbando): «Nunca os importó cuando caí. La unidad era para los elegidos, no para los quebrados…»

El corredor quedó en silencio. Breezie tembló.

—No fue siempre un monstruo: una vez fue uno de nuestros mentores —musitó.

Blunt, quedo:

—Debemos terminar esto. Y tal vez… ayudarle.

Su resolución se afianzó bajo la luz vacilante de la lámpara: el sendero era incierto, pero su voluntad, inflexible.

Capítulo 8: Sombras de la arrogancia

Un silencio inquietante se abatió sobre ellos al cruzar un patio desierto, con las agujas de la Torre alzándose amenazadoras. Reddish se detuvo y escudriñó la penumbra.

—Tengo la misma sensación… como si fuésemos a ser atacados.

Su sentido del peligro —otorgado en París— palpitaba con alarma. En ese instante una figura encapuchada salió arrastrando los pies, con fingida amabilidad. Blunt entrecerró los ojos y recurrió a la lectura mental: un remolino de intenciones maliciosas se agitaba tras aquella sonrisa.

—Nos tiende una trampa —murmuró, instando al grupo a retroceder.

Firee adoptó postura defensiva. Las ilusiones empezaron a deshilacharse en torno al enmascarado, pero, advertidos por el presentimiento de Reddish, los Arlequines se retiraron con rapidez.

—Enfrentaremos las próximas ilusiones en nuestros términos —afirmó Checkered y echó a andar.

Un crepúsculo hosco coloreaba el Londres paralelo: calles bañadas en púrpuras oscuros y oros mustios. Los Arlequines avanzaban con los nervios aún tensos tras sus pruebas de

Pereza. Aunque habían vencido, una nueva crispación bullía: un orgullo sigiloso que los volvía demasiado confiados y minimizaba las aportaciones ajenas.

—Cuidado —previno Thumbpee, ceñudo—. La arrogancia es la trampa más fácil para los magos fuertes; al Duende le fascinan los egos hinchados.

Siguieron adelante. Destellos ilusorios jugueteaban en los cruces: cintas de color, risas que se vaporizaban al acercarse. Buggie sobrevolaba, proyectando destellos verdes sobre posibles pistas, pero cada callejón desembocaba en puertas que se deshacían.

Una fisura sutil

Junto a una fuente, Firee exhaló con frustración:

—Se supone que somos mejores que esto. ¿Por qué no desenmascaramos las ilusiones con mayor rapidez?

Reddish se encogió de hombros, brazos cruzados:

—Somos Maestros Magos. ¿No deberían ser un juego de niños?

—Somos fuertes, pero la ciudad sigue retorciendo la realidad —objetó Greenie—. No la subestimemos.

—La confianza ciega puede sabotearnos —concedió Checkered.

Blunt apretó la mandíbula:

—Hallaremos al siguiente mentor. Podemos con todo.

Una tensión imperceptible les recorrió: susurros de orgullo que insinuaban *somos invencibles*. Thumbpee frunció el ceño.

—La arrogancia ha atrapado a peces más gordos —masculló—. Andad con ojo.

Un callejón sin salida… o eso parecía

Persiguieron el brillo de Buggie hasta una calle vieja. Al fondo, una puerta—aparente tienda de antigüedades—los llamaba; letras deslucidas la coronaban. Apresurados, descubrieron un patio sin salida. Una risa se burló desde lo alto.

—¿Dáis vueltas en círculos? —se mofó el Duende desde una cornisa—. ¿Acaso vuestra gran magia no halla el camino?

Su burla dolió. Desapareció en sombras. El callejón quedó mudo.

—Podríamos con él si se mostrara a las claras —espetó Reddish.

Checkered apoyó la mano en su hombro:

—No permitas que nos provoque.

La ilusión de la grandeza

Sin aviso, las paredes se fundieron en un patio palaciego: multitudes vitoreaban; pancartas proclamaban a los Arlequines "Magos supremos". El clamor era embriagador.

—Por fin reconocidos —susurró Greenie, fascinada.

Firee casi sonrió; luego vaciló:

—Demasiado fácil… huele a trampa.

La adulación arreció:

—¡Magistral Checkered! ¡Imbatible Reddish!

Blunt quiso alzar la lente, pero la autocelebración lo detuvo: *«¿Por qué romper esta gloria?»* Se obligó:

—No… debemos ver la verdad. ¡Que la arrogancia no nos ciegue!

Activó la lente; la escena se resquebrajó, revelando el callejón desnudo. Un siseo frustrado se perdió en la noche: el Duende casi los atrapaba con grandeza falsa.

Una tienda inesperada

Un tenue resplandor onduló sobre un muro lateral hasta formar las letras.

"Anticuarios Van Egmond"
(Est. ¿quién sabe hace cuánto?)

Allí donde antes solo había ladrillo apareció una puerta. Al deslizarse dentro, los Arlequines se hallaron en una acogedora librería de techos altos atestada de tomos antiguos, iluminada por fanales mágicos flotantes. Los estantes se apartaron para revelar a **Lucrecia Van Egmond**. Altísima, esbelta, de porte nórdico y compostura serena, recogía su melena rubia en una coleta práctica que realzaba la línea elegante del cuello; vestía con sencillez regia y, pese a su aspecto escandinavo, insinuaba un matiz mediterráneo.

—**Humildad** —susurró, con un leve acento que no era del todo norteño ni sureño—. Es el poder que repara fisuras: el orgullo impide pedir perdón, y las ilusiones se nutren de la Arrogancia. Soltarla os libera para ver la verdad.

Juntó las palmas en gesto reverente.

—Aprendí la humildad por el camino difícil —confesó—. No dejéis que las ilusiones enfríen vuestro corazón. Incluso la arrogancia más oscura puede deshacerse con tiempo… y con la voluntad de mirar más allá del ego.

Abrió entonces un gran volumen encuadernado en cuero.

*

La caída de Lord Avenhurst

Lord Avenhurst se alzaba en su gran balcón y contemplaba el valle con satisfacción: castillo imponente, riquezas incontables, mandato incuestionado. Para él, el poder lo era todo y la humildad, cosa de débiles.

Un día se anunció el anciano erudito Elías; frágil y curtido por los años, era célebre por su sabiduría. Lord Avenhurst, divertido, accedió a recibirlo.

—Mi señor —dijo Elías, inclinándose—, traigo una advertencia: el fundamento del reino no es la piedra ni el oro, sino la lealtad de su pueblo. Trátelos con bondad, o sus muros caerán desde dentro.

El señor se burló.

—La lealtad se compra con poder, no con bondad. El miedo de mi pueblo me basta.

Elías suspiró.

—Un árbol se yergue creyéndose indestructible, pero la podredumbre interior lo derriba.

Lord Avenhurst lo despachó con un ademán.

Las estaciones pasaron y su orgullo creció. Gravó a sus súbditos, levantó monumentos a su gloria y sofocó la disidencia con mano de hierro. Cuanto más tomaba, más exigía, seguro de que su poder era eterno.

Pero, una noche de invierno, antorchas parpadearon en las colinas: el pueblo, harto, se alzó. Los soldados desertaron; los muros, antes impenetrables, se abrieron desde dentro.

Avenhurst huyó a la torre más alta y contempló incrédulo cómo su fortaleza caía no ante un ejército invasor, sino ante la gente que había menospreciado. Las llamas lamían el cielo y evocaban las palabras de Elías: *un reino son los corazones de quienes lo sirven; y un corazón, una vez vuelto, no regresa.*

Al alba, su gobierno era polvo; el orgullo, su ruina.

*

Al concluir, Lucrecia fijó en ellos una mirada grave.

—La arrogancia ciega. Lord Avenhurst se creía invulnerable y sembró su propia caída. En nuestra era, señores de acero o de circuitos también se derrumban cuando el orgullo los enceguece.

Checkered meditó:

—Perdió todo, no por enemigo externo, sino por su propio orgullo.

—La mayor fuerza es vana si por dentro se pudre —asintió Lucrecia—. El orgullo priva de aliados y ensordece ante las advertencias.

Luego desplegó un folleto dorado.

*

Arrogancia

La arrogancia es orgullo, retorcido y cruel,

fuego imprudente, voraz, alimentado

135

por ecos huecos, autoengaño:

máscara dorada y cimientos vacíos.

Se pavonea sobre un hilo frágil,

torre alzada sobre palabras calladas;

ciega a los avisos, sorda a la gracia,

amante del espejo, abrazo solitario.

El orgullo susurra: «Estás solo»;

y el aislamiento hiela los huesos.

Se corona con poder hueco

y apaga las estrellas, oscureciendo la luz.

Con desdén descuidado desecha

manos firmes que lo apoyaron,

mientras la sabiduría huye, los ecos mueren

y todo lo que queda es pérdida y traición.

Mas donde el orgullo cede, ojos humildes

desvelan la verdad, acogen a los sensatos:

la fuerza no está en mandar en solitario,

sino en corazones unidos, mano con mano.

Ninguna tormenta quiebra los lazos que tejemos,

ninguna noche roba lo que creemos.

El verdadero poder reside donde las almas se aúnan,

donde el amor persevera y los corazones arden con luz.

*

Cerrando el poema, Lucrecia preguntó con suavidad:

—Entonces, ¿qué habéis aprendido de estos versos?

Breezie habló primero, con voz apagada:

—La arrogancia es aislamiento; susurra: "No necesito a nadie". Pero el verdadero poder se forja con otros: la humildad promueve la unidad.

Reddish añadió:

—El orgullo nos miente al afirmar que estamos por encima del error; ignorarlo conduce a la caída.

Los ojos de Lucrecia destellaron de aprobación.

—Exacto. La humildad es el antídoto contra la arrogancia. Abre oídos y corazones; impide que las ilusiones aprovechen la sobre confianza.

Una prueba ilusoria

Un remolino de magia transformó el centro de la tienda en un gran salón con paredes espejadas. Cada Arlequín vio un reflejo idealizado: túnicas regias, multitudes rendidas. Los espejos susurraban adulación y les instaban a menospreciar al prójimo.

Recordando el cuento y el poema, detectaron la trampa. Greenie apartó la mirada; Firee rechazó los elogios, invocando humildad. Uno a uno abandonó los falsos reflejos: la vanagloria se agrietó y los espejos estallaron, devolviendo el silencio a la tienda.

Un siseo leve, casi imperceptible, se deslizó por el corredor: un observador oculto degustaba la burla de los clones.

Un nuevo poder: el Espejo de la Humildad

Lucrecia sonrió y extrajo un espejo de mano de un cajón.

—Habéis vencido ilusiones que alimentaban la arrogancia. Tomad: el **Espejo de la Humildad**. Al activarlo, refleja la verdad detrás de la soberbia, propia o ajena, y la rompe con visión honesta.

Lo tendió a Blunt. Al tocarlo, sintió un suave resplandor de reconocimiento; la superficie bruñida relucía con runas discretas.

—La arrogancia prospera en la oscuridad —advirtió Lucrecia—; la humildad es luz. Mantened esa luz viva o las ilusiones os devorarán desde dentro.

Palabras de despedida

La figura de Van Egmond empezó a desvanecerse entre motas de color.

—Recordad la caída de Lord Avenhurst: el orgullo abre grietas invisibles hasta que es tarde. Con humildad permanecéis receptivos a la sabiduría… y a los demás.

Al cruzar la puerta chirriante, emergieron en la noche del Londres paralelo; el aire vibraba mientras la lejana esfera del Big Ben palpitaba con la voz ancestral del Orloj. Antes de poder darle las gracias, la librería se disipó, dejando el callejón desierto como si jamás hubiese existido.

Thumbpee, brazos cruzados, se posó en el hombro de Blunt:

—Arrogancia superada. Bien. No dejéis que la grandeza ilusoria os atrape otra vez o el Duende se dará un festín.

Renovados y humildes

Con el Espejo de la Humildad en mano, los Arlequines intercambiaron miradas sobrias. Habían probado la seducción de la falsa grandeza y comprendido lo peligrosa que era. Superaron la prueba recordando su vínculo y aceptando que no son invencibles en solitario.

En alguna sombra, el Duende Maléfico hervía de rabia, privado de otra victoria. Pero ya no temían las ilusiones de orgullo inflado. Guiados por la humildad, avanzaron —alertas ante la siguiente prueba y la revelación final del esquivo Orloj de Londres.

Capítulo 9: La llamada del crepúsculo: segundo consejo del Orloj

El atardecer temprano cubría el Londres paralelo con tonos ámbar y violeta; el ruido de la ciudad se atenuaba hasta un zumbido bajo, como si intuyera algo trascendental. Bajo la imponente silueta del Big Ben, los Arlequines se detuvieron, con el corazón latiendo a partes iguales de emoción y aprensión. La esfera del reloj brillaba tenuemente sobre ellos: un pulso constante que les tiraba hacia delante.

A sus pies, los adoquines vibraban con un ronroneo que les calaba los huesos. De pronto, el Orloj surgió en su forma humana; emergió de la luz cambiante de las farolas como si siempre hubiese estado allí: anchos hombros, porte robusto, un brillo paternal en los ojos hundidos.

—Bienvenidos de nuevo, Arlequines —su voz los envolvió con un calor reconfortante, aunque autoritario.

Blunt dio un paso y realizó una reverencia respetuosa:

—Regresamos más fuertes… y más humildes.

Reddish asintió en silencio:

—Hemos enfrentado la arrogancia y la desesperación; hemos aprendido humildad y perseverancia.

Una pequeña sonrisa suavizó los rasgos severos del Orloj.

—Buen trabajo —afirmó—. Pero camináis por un sendero cada vez más estrecho. Decidme: ¿qué entendéis ahora por arrogancia?

Checkered captó la precaución implícita:

—La arrogancia es trampa —respondió—. El orgullo nos ciega a los defectos; la humildad nos mantiene veraces y unidos.

—¿Y la desesperación? —inquirió el Orloj.

Breezie exhaló:

—Es oscuridad paralizante alimentada por la esperanza perdida. La perseverancia rompió su yugo: nos levantamos sin importar la profundidad de la caída.

El Orloj pareció satisfecho, aunque bajo aquel calor latía una advertencia.

—Habéis crecido: el **Espejo de la Humildad** y el **Polvo de la Resolución** los merecisteis con justicia. Pero recordad: las herramientas son inútiles si no las empuñáis con rapidez y constancia. La arrogancia o la desesperación os emboscarán en cuanto flaqueéis.

Firee tragó; la tensión era palpable:

—El Duende Maléfico… ¿puedes sentir lo cerca que está?

Una sombra ensombreció el semblante del Orloj.

—Más cerca que nunca; ansía explotar cualquier lapsus, ya sea exceso de confianza, vacilación o desconfianza mutua.

Un recordatorio paternal

Cruzó los brazos sobre su amplio pecho:

—Siempre que las ilusiones os atraparon, dudasteis antes de usar vuestros poderes. No repitáis ese error. Si la lente o el espejo permanecen inactivos hasta que la trampa se cierre, el Duende gana terreno.

Thumbpee dio un brinco brusco desde el hombro de Blunt:

—Exacto. La mitad de los problemas vienen de esperar demasiado.

Greenie bajó la mirada, evocando los percances recientes:

—Lo intentamos…, pero las ilusiones llegan tan rápido y estamos agotados.

El tono del Orloj se suavizó, aunque conservó firmeza:

—Sí, estáis cansados, pero contáis con el Polvo de la Resolución. Superasteis la desesperación. Confiad en vuestra unidad: activad el espejo cuando surja orgullo o confusión. Trabajad como uno solo o las ilusiones os desgarrarán.

Sin nueva virtud, pero con una advertencia crítica

El Orloj relajó ligeramente la postura:

—No traigo nueva lección, solo el deber de aplicar mejor lo aprendido. El enfrentamiento final se avecina y el Duende es astuto. Proteged vuestra humildad y perseverancia: si flaquean, las ilusiones devorarán vuestra confianza y vuestro vínculo.

Asintieron con gravedad. Reddish sostuvo la mirada del Orloj:

—Entendido. No dejaremos que la arrogancia o la desesperación se filtren sin resistencia.

El Orloj emitió un gruñido paternal de aprobación:

—Bien. Manteneos en la claridad. Pensad rápido; actuad con decisión. El mayor peligro ahora es la complacencia: creer que, por haber triunfado una vez, estáis a salvo de más engaños.

Un sutil presagio

Tras él, Buggie describía círculos cerrados y proyectaba un haz verde sobre las piedras de la torre. Thumbpee se mostró impaciente. El Orloj se giró hacia los Arlequines:

—Se vuelve audaz —retumbó en voz baja—. Vigilad las sombras: el Duende busca grietas en vuestra unidad. Si permanecéis inquebrantables, no podrá romperos; si flaqueáis…, todo lo ganado puede perderse.

Checkered se estremeció:

—Estaremos vigilantes.

Partida hacia el crepúsculo

Un último torbellino de motas doradas envolvió al Orloj; la luz tenue se reflejaba en la esfera del Big Ben. El atardecer se intensificaba, las sombras se alargaban. El Orloj retrocedió un paso y empezó a disolverse en la magia de la ciudad, pero su voz persistió en la brisa:

—Los desafíos finales se acercan, queridos Arlequines. Sed valientes y dejad que vuestras virtudes os guíen.

Luego, como si aspirara la luz de la farola, se desvaneció en el crepúsculo y los dejó a los pies de la torre. El zumbido tenue se disipó, aunque permanecía la sensación de una presencia vigilante.

Durante unos instantes nadie habló: cada uno meditaba el severo consejo paternal del Orloj. Habían avanzado mucho, pero la senda se estrechaba; las ilusiones se espesaban y el Duende acechaba.

Blunt exhaló mirando la esfera brillante:

—No olvidemos su advertencia: no podemos ser lentos ni vacilar la próxima vez.

Reddish asintió con firmeza, empuñando el **Espejo de la Humildad**:

—Ni dejar que el orgullo se cuele de nuevo. Seguimos siendo vulnerables.

Checkered esbozó una sonrisa tentativa:

—Al menos estamos juntos; quizá ése sea nuestro escudo más fuerte.

—Sí… juntos —convino Breezie, en voz baja pero decidida.

Renovados por la segunda visita del Orloj, los Arlequines se adentraron de nuevo en las calles sinuosas del Londres paralelo, con el corazón prevenido frente a las ilusiones y la mente consciente de lo cerca que acechaba el Duende. Aunque no recibieron una virtud nueva, comprendieron una verdad profunda: a veces, el reto mayor es permanecer fieles a lo ya aprendido, aplicando humildad y perseverancia con rapidez, eficacia y unidad.

Un encuentro con el maestro

Mientras el Orloj desaparecía entre la multitud iluminada por farolas, los Arlequines quedaron vacilantes: ninguna nueva virtud había sido nombrada y no sabían por dónde atacarían las próximas ilusiones. Examinaron los callejones azulados por la luna, resueltos a detectar cualquier anomalía. De pronto, Buggie lanzó un gorjeo agudo: su haz verde apuntaba insistente al otro lado del Támesis, hacia el Globe Theatre.

El susurro del Globe

Aún recuperaban aliento cuando Buggie emitió un chillido, revoloteando sobre la cabeza de Blunt. El láser verde titilaba en dirección a la orilla sur, donde el reconstruido Globe se recortaba contra el cielo lunar.

—¿Qué ocurre? —preguntó Checkered, mirando la estructura de madera.

—¿Algún eco del viejo Londres? —aventuró Firee, avanzando cauteloso sobre adoquines musgosos.

El Londres paralelo centelleaba con ilusiones rezagadas, pero la vía hacia el Globe estaba extrañamente despejada, como un escenario aguardando actores.

Entonces, Cornelius Tetragor se materializó al borde de la calle; su barba blanca ondeaba al viento. Sonrió con complicidad:

—Jóvenes magos —dijo con tono calmado y urgente—, el tapiz del tiempo se deshilacha aquí. El Orloj nos llama a un lugar de palabras e ingenio. Seguidme.

Thumbpee cruzó los brazos sobre el hombro de Blunt:

—Sin más dilaciones. Ya hemos perdido bastantes horas.

Los Arlequines intercambiaron miradas resueltas y siguieron a Tetragor. En un silencio expectante alcanzaron los muros del Globe; olía a velas de sebo y a roble recién cortado. El letrero *«Globe Theatre»* se balanceaba sobre ellos.

—Mirad —susurró Greenie, señalando un destello borroso entre bambalinas—. ¿Otro portal?

Tetragor asintió:

—Sí, y debemos cruzarlo antes de que las ilusiones nos desvíen. El reino de Shakespeare nos aguarda.

Con dos dedos trazó una línea astral; el resplandor creció hasta formar un portal gris plateado. Del otro lado se oían gaitas y laúdes isabelinos, mezclados con el chisporroteo de un fuego.

—Permaneced cerca —murmuró, atravesando primero.

Los Arlequines lanzaron una última mirada a los rascacielos modernos al otro lado del río; el pulso se les aceleraba. Con un solo aliento siguieron a su mentor.

—Viajamos cuatro siglos atrás —musitó Reddish, los ojos brillantes de adrenalina.

—Así es —respondió Blunt con voz firme—. Si Tetragor dice que el Orloj nos convoca aquí, debe de ser crucial.

Un rápido peregrinaje al Globe, donde los ecos de Shakespeare impregnaban el aire con tragedia aterciopelada…

A través del portal

Instantáneamente, el rugido del tráfico distante se desvaneció, reemplazado por el *clip-clop* de cascos de caballo sobre adoquines. En vez de farolas eléctricas, candelabros de hierro proyectaban charcos de luz anaranjada y vacilante a lo largo de un camino embarrado. Un crepúsculo pesado y entintado se abatía sobre ellos.

Ante los Arlequines se alzaba un teatro circular, mitad paja, mitad madera, bullicioso de londinenses isabelinos. Risas y pregones de mercaderes flotaban sobre un puente de tablas. Tetragor les hizo señas para avanzar en silencio.

—Recordad —susurró—: no pueden vernos ni oírnos. Somos observadores. Dejad que el Orloj abra vuestros ojos a las semillas de creatividad que dieron forma a siglos.

Tras la puerta amortiguada, un actor recitaba; la voz llegaba ahogada. Los Arlequines, cautivados, sentían que escuchaban un secreto eterno.

—De veras estamos dentro de su mundo —se maravilló Checkered, procurando no enredar el pie en una cuerda enrollada.

—Precisamente —asentó Tetragor con orgullo—. El genio de William Shakespeare fue, primero, palabras audaces sobre pergamino tosco, pero perdura.

Un remolino de humo de linterna escénica se elevó; con cada respiración percibían la magia del arte mortal fusionarse con el diseño oculto del Orloj. Habían conocido a los maestros de Francia; ahora iban a encontrarse con una leyenda inglesa en su propio terreno, todo gracias a un empujón ilusorio desde la puerta del Globe.

Así, en un torbellino de artificios teatrales, siguieron a Cornelius Tetragor al Londres isabelino, sin imaginar que los próximos pasos los llevarían cara a cara con el Bardo mismo…

Un paseo con Shakespeare

—Jóvenes magos, caminad deprisa —instó Tetragor, ajustando la túnica al atravesar el portal borroso—. Os he traído al final del siglo XVI, un Londres rebosante de genio teatral.

Emergieron en una calle adoquinada flanqueada por casas de entramado. Un leve aroma a leña y carne asada flotaba en el aire. Frente a ellos se alzaba el Globe, medio de madera, con techo de paja y corredor al aire libre lleno de ciudadanos en capas de lana y sombreros burdos.

—¿Realmente estamos aquí? —susurró Reddish, los ojos muy abiertos ante el ajetreo isabelino.

Tetragor alzó un dedo instando al silencio.

—Este reino no puede veros ni oíros. Observad, no intervengáis.

Se deslizaron tras bancos de madera. Antorchas y faroles lanzaban sombras danzantes sobre el escenario, donde distinguieron a un hombre delgado, jubón sencillo, barba recortada. Con una pluma manchada de tinta caminaba de un lado a otro, murmurando líneas. Un actor recitó:

—«*Más, suave, ¿qué luz por aquella ventana irrumpe?*»

Checkered murmuró:

—Eso es *Romeo y Julieta*. ¿De verdad estamos viendo a Shakespeare trabajar?

Tetragor sonrió.

—En efecto. Ajusta versos mientras ensayan. Las obras que conocemos no nacieron acabadas: él las retocaba sin cesar.

Los Arlequines permanecieron fascinados: vieron remolinos de páginas garabateadas; monólogos que se formaban y se desvanecían, moldeados por la creatividad cruda. Shakespeare conversó con un actor, gesticuló un ademán dramático y tachó líneas con brío.

—Una vez fue un escritor ambicioso y desconocido —murmuró Tetragor—, pero sus palabras revolucionaron el teatro y el inglés. Las ilusiones de la ciudad se esfumarán; estos versos perduran.

Un toque de trompetas anunció la siguiente escena. Los visitantes quedaron inmóviles. Shakespeare asintió y señaló al actor: el tablado brilló con la promesa de historias eternas.

Permanecieron un instante más, los corazones rebosantes de asombro. Cuando un redoble de tambor marcó otra entrada, Tetragor alzó la mano en gesto de retirada; un resplandor tenue reactivó el portal en las sombras.

—Venid —susurró—. Habéis atisbado el taller del Bardo. Recordad que imaginación y resiliencia convierten el escenario más humilde en un reino de maravillas.

A regañadientes, los Arlequines cruzaron de vuelta. El *clip-clop* de los caballos se desvaneció en un zumbido distante, sustituido por el silencio moderno de las calles encantadas del Londres paralelo. Emergiendo en el punto donde Buggie los había llamado, aún bajo faroles fantasmales y el brillo lejano del Orloj, Thumbpee chasqueó la lengua con leve impaciencia, aunque en sus ojos centelleaba admiración.

Al salir de las sombras de madera del Globe, una única marca de garra desfiguraba una viga cercana, su reciente hendidura brillando en el crepúsculo, invisible para la multitud bulliciosa.

—Hemos vislumbrado al Bardo —murmuró Blunt, reverentemente, intercambiando una mirada de emoción con Checkered—. Eso fue… increíble.

Tetragor les ofreció una sonrisa cómplice.

—Mantengan este recuerdo cerca, jóvenes magos. Sus palabras sobrevivieron a siglos de ilusiones; así, su resolución superará estas pruebas.

Asintió en un silencioso adiós, luego se disolvió en la multitud iluminada por farolas, tal como lo había hecho el Orloj anteriormente. Los Arlequines se quedaron de pie en la suave penumbra, con los corazones rebosantes de nuevo asombro, incluso mientras se preparaban para lo que el Londres paralelo les deparara a continuación.

Los ecos de madera del Globe se desvanecieron mientras un torbellino de luz mecánica los envolvía, la llamada del Orloj atrayéndolos de vuelta al corazón blindado de la Torre.

Una campana distante tañía suavemente, recordándoles que sus pruebas finales estaban por delante. Tomando una respiración estabilizadora, se reagruparon y reanudaron su camino, escudriñando las calles iluminadas por la luna en busca de la próxima señal del rompecabezas desplegado del Orloj.

Capítulo 10: Ecos de lealtad

Una luna menguante proyectaba su luz pálida sobre el Londres paralelo, con farolas flotando como fuegos fatuos sobre calles vacías. Una tensión sutil nublaba a los Arlequines —Blunt, Checkered, Firee, Reddish, Breezie y Greenie— mientras se acercaban a una serie de callejones estrechos. Susurros insinuaban a un mentor esquivo, pero no aparecía señal ni pista alguna. Thumbpee se removía inquieto sobre el hombro de Blunt, mientras Buggie describía bucles nerviosos sobre sus cabezas.

—Permanece alerta —murmuró Blunt—. El Duende sigue insinuando que nuestra lealtad fallará; intenta sembrar dudas.

Checkered asintió con gravedad:

—Entonces hagamos lo contrario: confiar plenamente los unos en los otros, sin importar las ilusiones.

Sin embargo, un silencio espeluznante envolvía el laberinto de calles, cada giro más desolado que el anterior.

Sombras de sospecha

De repente, una voz baja y espectral quebró el silencio:

—¡Extra, extra! Lealtad perdida, secretos descubiertos.

Se volvieron y hallaron a un vendedor de periódicos dickensiano, translúcido, que brillaba con luz espectral. Los titulares de sus periódicos fantasmales parpadeaban y se desdibujaban.

Blunt adelantó un paso con cautela:

—¿Quién eres?

El vendedor sonrió enigmáticamente; los ojos huecos relucían con la tenue claridad lunar.

—Bajo la ciudad yacen vuestras respuestas, donde las ilusiones ponen a prueba la fe.

Señaló una entrada subterránea junto a Charing Cross. Se intercambiaron miradas inciertas, pero los Arlequines avanzaron. Firee forzó la oxidada puerta metálica y descendieron a la oscuridad opresiva de una estación de metro olvidada. Goteos distantes resonaban como latidos ominosos; el aire viciado les oprimía el pecho.

—¿No huele esto a trampa? —susurró Breezie, con un leve temblor en la voz.

Reddish se afirmó, recorriendo el entorno con una rápida mirada:

—La lealtad implica movernos como uno solo, incluso con riesgo.

Una risa escalofriante se propagó por los túneles. En la penumbra, el Duende Maléfico acechaba, con los ojos centelleantes de malicia.

—Tan confiados… tan fáciles de dividir.

Chasqueó las garras y zarcillos sombríos se lanzaron para separarlos. Greenie y Checkered casi perdieron el contacto de sus manos.

—¡No! —rugió Blunt, instando a Firee a esparcir el **Polvo de la Resolución**.

Un aura refulgente iluminó la estación, obligando al Duende a retroceder con un gruñido.

—¡Tus ilusiones de discordia no romperán la verdadera lealtad!

Con el corazón desbocado, corrieron más adentro de los túneles, guiados ahora por un tenue parpadeo de luz de antorcha.

Una puerta y una tienda enigmática

Pronto accedieron a una cámara oculta donde antorchas parpadeaban sobre paredes de piedra húmeda. Al fondo se alzaba una humilde puerta de madera, y en sus letras desvaídas podía leerse:

"Libros Antiguos Tetrikus para el Espíritu y el Alma"
(Est. tan antiguo como esta ciudad)

De pie, desafiante, ante la entrada, se hallaba **Paulina Tetrikus**: baja pero fiera, ojos verdes centelleantes; su presencia, moldeada por duras lecciones y templada con sabiduría.

—Llegan tarde —espetó—. El Duende casi los desgarró erosionando su confianza.

Dentro, la librería parecía a la vez estrecha e infinita: estanterías abarrotadas hasta el techo, orbes mágicos flotantes, libros semiabiertos cuyas páginas emitían un resplandor tenue. Paulina los condujo por pasillos angostos hasta una mesa circular atestada de tres textos antiguos.

—¿Creéis entender la lealtad? —preguntó con voz cortante, mientras su mirada los escrutaba—. Permitidme mostrar cómo las ilusiones pueden socavarla si no estáis vigilantes.

—La lealtad —declaró, rápida y tajante— no va de cortesías: es la columna que nos mantiene erguidos cuando las ilusiones se infiltran.

Un trío de escritos: lealtad frente a traición

En el corazón de la tienda se alzaba una mesa redonda de roble con tres textos cuidadosamente dispuestos. Paulina levantó la primera página:

*

La magia en la luz de un nuevo día

Luz del día,

Luz de vida,

Luz del ocaso,

Luz del amanecer,

Luz que brilla,

Luz que ilumina,

Luz que cada día sigue,

«El círculo de la vida»,

Luz que pinta la vida

en un lienzo de «Luces mágicas»,

con una paleta de infinitos colores,

con tonos y pinceladas sin fin,

Luz del día,

Luz de vida,

Luz del ocaso,

Luz del amanecer.

*

Lo leyó suavemente. El poema de Paulina se desplegó como un estandarte de fidelidad, su cadencia un latido que une almas a un voto inquebrantable. Al terminar, levantó la vista.

—¿Qué les enseña esto sobre la lealtad?

Breezie frunció el ceño:

—Es como si cada nuevo amanecer fuese una oportunidad para reafirmar la fe en el otro. Si la lealtad falla, la luz se atenúa para todos.

Paulina asintió.

—Sí. Sin lealtad, la promesa del nuevo día se pierde. Ahora…

Tomó la segunda pieza y comenzó a leer con seriedad:

*

El precio de la traición

En el corazón del reino de Eldoria,

dos guerreros se alzaban lado a lado:

Edric y Rowan,

hermanos no por sangre, sino por vínculo.

Desde la infancia lucharon juntos,

defendieron a su rey y juraron un juramento:

«A través del acero y la tormenta, juntos resistimos».

Pero con los años

la codicia susurró a Rowan.

Envidió el honor de Edric,

la confianza que el rey depositaba en él.

Una figura sombría llegó una noche,

envuelta en oscuridad,

y ofreció a Rowan un trato:

traiciona a Edric

y las riquezas del trono serán tuyas.

La tentación venció.

En la víspera de la batalla,

Rowan llevó a Edric a una emboscada.

Los enemigos, aguardando en silencio, atacaron.

Edric luchó, herido, su fuerza desvaneciéndose,

pero sus ojos nunca mostraron ira,

solo confusión.

«¿Por qué?»,

jadeó

antes de que el golpe final cayera.

Con Edric muerto,

el reino cayó poco después.

El ejército, antes inquebrantable,

se fracturó sin su defensor más leal.

El enemigo asaltó el castillo,

el rey fue asesinado,

y Rowan, creyéndose victorioso,

reclamó su oro.

Pero el poder erigido sobre la traición es efímero.

La misma figura sombría

que lo había sobornado volvió,

esta vez con una mejor oferta para otro traidor.

Antes de que la noche terminara,

Rowan yacía en el mismo lugar

donde había traicionado a su hermano.

El reino se perdió,

no ante un ejército poderoso,

sino ante un solo acto de deslealtad.

*

Un silencio siguió a la última línea. La voz de Reddish vaciló:

—Entonces, una sola brecha en la lealtad derribó un reino entero…

La mirada severa de Paulina se suavizó ligeramente:

—Sí. Donde la lealtad se quiebra, las ilusiones de traición florecen. Los corazones se vuelven y, aun la mayor fortaleza, puede caer.

*

La corona de la lealtad

La lealtad se yergue, firme y verdadera,

un faro brillante en el tono más oscuro.

A través de tormentas furiosas,

a través de la prueba del fuego,

protege el corazón; no conoce descanso.

Es el escudo, la espada, el juramento,

la mano que levanta, la rodilla que se inclina.

No vacila, no se rompe, no se dobla;

se alza con amor, defiende a un amigo.

Une los corazones que el tiempo asedia,

un juramento susurrado que nunca palidece.

Imperios surgen e imperios caen,

pero la lealtad los sobrevive a todos.

Es la raíz de la confianza tan profunda,

la promesa hecha, el vínculo que mantenemos.

Alimenta la luz en el ojo de la amistad,

una fuerza que el oro nunca puede comprar.

Es el fuego en el nombre del honor,

el guardián de la gran llama del amor.

A través de pruebas feroces y tempestades fuertes,

la lealtad canta una canción sin fin.

Teje los hilos del hogar y la familia,

donde la fe perdura y la paz comienza.

Protege al débil, levanta al perdido,

no pide precio; no cuenta el costo.

Sostiene las murallas cuando todo parece perdido,

calienta el alma a través de la escarcha del invierno.

Cuando las sombras caen y la esperanza es escasa,

la lealtad lucha, no se apaga.

Ninguna lengua de plata, ninguna trampa traicionera,

ningún susurro falso, ninguna mentira expuesta,

puede sacudir su poder, puede hacerla ceder,

pues la fidelidad nunca abandona el campo.

Y al final, cuando el tiempo se acabe,

cuando todo sea polvo, cuando el sol se desvanezca,

los nombres una vez tallados en piedra fugaz caerán,

pero la lealtad perdura.

*

Cerró el folleto suavemente.

—La lealtad es una fortaleza. La traición, una vez sembrada, la derriba. Ahora, niños: ¿han comprendido realmente la esencia de la lealtad?

Poniendo a prueba su confianza

Paulina hizo un gesto, y los pasillos de la librería se transformaron, formando un corredor fantasmagórico bordeado de espejos. Cada espejo mostraba la imagen de un Arlequín aparentemente conspirando a espaldas de otro: susurrando secretos, aprovechándose. Las ilusiones implantaban semillas de sospecha, instándolos a preguntar: «¿Es tu amigo leal… o está a punto de traicionarte?».

El aire se espesó cuando una ilusión atrapó a Greenie: un callejón de Beirut, el polvo ahogándola. Una amiga de la infancia, Leila, tambaleándose entre los escombros de un bombardeo, con la voz quebrada:

—¡Confié en ti!

Greenie extendió la mano, pero Leila se giró, desvaneciéndose en humo.

—Me dejaste —gimió el eco.

Las rodillas de Greenie cedieron, las lágrimas surcando su rostro.

—Tenía miedo —sollozó, el recuerdo como un cuchillo.

La voz de Paulina cortó:

—La lealtad se mantiene cuando el miedo grita más fuerte.

Greenie apretó los puños y susurró:

—Nunca más.

Percibió entonces otra escena ilusoria: Reddish aceptando oro para volverse contra ellos. Reddish, por su parte, vio a Blunt forjando tratos en secreto. El temor los cercó.

Pero Checkered inhaló bruscamente:

—No. Estas imágenes son ilusiones. Confiamos los unos en los otros.

Firee asintió:

—Lo hacemos: la lealtad se prueba en la adversidad. Esto es una mentira.

Al unísono, invocaron el vínculo de la amistad. Las imágenes se resquebrajaron, revelando únicamente los pasillos normales de la tienda. Paulina esbozó una media sonrisa, satisfecha.

—Bien. Acabáis de ver cuán fácilmente las ilusiones de traición empujan hacia la duda. Lo superasteis confiando en vuestra alianza. Eso es la lealtad en acción.

Amuleto de la Fidelidad

De una pequeña caja, Paulina extrajo un delicado amuleto de plata, grabado con símbolos rúnicos.

—Aquí, el **Amuleto de la Fidelidad**. Cuando lo activéis, los lazos entre vosotros se clarifican; la traición se vuelve imposible dentro de vuestro círculo y las ilusiones fracasan al sembrar sospechas. Usadlo cuando la confusión o las acusaciones falsas arrecien.

Checkered recibió el amuleto y percibió un suave zumbido de unidad. El grupo exhaló al unísono; una sensación de conexión más profunda se asentó sobre ellos.

La mirada de Paulina volvió a tornarse seria:

—Recordad Eldoria: la traición puede venir de fuera o de dentro, si permitís que las ilusiones se infiltren. La lealtad se mantiene únicamente si cada corazón la defiende.

Partiendo con vínculos renovados

Guiándolos de vuelta a la puerta, Paulina se despidió con una admonición final:

—El Duende prospera en la duda. Si permanecen firmemente leales, sus ilusiones de traición no podrán echar raíces.

Luego, en un torbellino de luz de farola, tanto la mujer como su tienda se desvanecieron dentro del reino de las ilusiones.

Los Arlequines surgieron en una calle estrecha, con la tenue luna aún sobre sus cabezas. La vieja estación tras ellos ahora parecía sellada y olvidada otra vez.

Un viento frío recorrió el patio, arrastrando una carcajada distante que se disipó tan rápido como llegó, como si la brisa se burlara de su resolución.

Thumbpee revoloteó impaciente.

—Superaron las ilusiones de traición… bien. Pero mantengan ese amuleto cerca; las peores aún están por llegar.

Intercambiando asentimientos resueltos, aferraron el **Amuleto de la Fidelidad**. Sus corazones se hallaban fortalecidos por la triple revelación de poema, historia y verso. Habían vislumbrado cómo la traición, una vez desatada, podía aniquilar incluso a los más poderosos. Sin embargo, la fuerza inquebrantable de la lealtad los unía más que nunca.

Con pasos que resonaban en silenciosa determinación, avanzaron por las calles bañadas por la luna del Londres paralelo, la unidad reflejada en cada rostro. El Duende acechaba, las ilusiones persistían, pero los Arlequines ya no vacilaban: la lealtad latía en cada respiración, un vínculo que ninguna traición rompería.

Presagio de nuevos mentores

Las ilusiones se abrieron, revelando una tenue silueta a la distancia: una figura esbelta de movimientos inquietos.

Reddish, entrecerrando los ojos, murmuró:

—¿Es ese… Morpheus Rubicom?

Checkered afirmó:

—Es el siguiente, estoy segura. Esto no puede ser casualidad.

Cayó un silencio; el único sonido, un zumbido bajo de magia en el aire. El grupo se preparó para enfrentar al próximo pastor del páramo, con los nervios a flor de piel.

Capítulo 11: Sombras de traición

Una llovizna fría **empapaba** el Londres paralelo, convirtiendo las siluetas familiares de la ciudad en formas borrosas que rezumaban melancolía. Las farolas flotaban sobre sus cabezas como silenciosos centinelas, pero su brillo se sentía tenue frente a la opresiva humedad. Los Arlequines —Blunt, Reddish, Checkered, Firee, Breezie y Greenie— avanzaban con cautela, con el ánimo lastrado por una sutil sensación de futilidad. Habían soportado ilusiones que ponían a prueba su unidad, humildad y lealtad, pero el duende maléfico todavía acechaba, urdiendo nuevas trampas.

—Estoy cansada —admitió Breezie, escrutando cada callejón con la voz temblorosa—. Parece que no llegaremos nunca al final.

Checkered asintió con simpatía.

—Hemos llegado lejos, pero las ilusiones siguen multiplicándose. No podemos flaquear ahora.

Thumbpee, posado en el hombro de Blunt, cruzó sus minúsculos brazos.

—Rendirse es el camino más fácil para que las ilusiones te exploten. Si dejas que la desesperanza se instale, estás perdida.

Semillas de duda

Se acercaron a la Torre de Londres; sus muros se volvían siniestros bajo el crepúsculo cambiante. Un remolino de neblina ilusoria danzaba junto a las murallas, **sugiriendo** corredores interminables. El grupo se preparó, pero notaba un cansancio pesado, como si cada paso exigiera el doble de esfuerzo.

De pronto, la voz de un artista callejero invisible flotó en el aire:

—¿Para qué luchar? Este laberinto de pruebas es eterno. No existe la victoria. Mejor deteneos ya.

Por un instante los Arlequines sintieron el impulso de rendirse. ¿Por qué seguir si las ilusiones nunca cesaban?

Blunt apretó los dientes, forzando la concentración.

—No. No podemos dejar que las ilusiones nos convenzan de parar.

Firee asintió, aunque la preocupación le marcaba el rostro.

—Aun así, parece que giramos en círculos… sin resuello.

Una caída peligrosa

Esa vacilación la **aprovechó** el Duende. Se materializó en la penumbra con una sonrisa retorcida.

—Ah, vuestros corazones se agotan. ¿Para qué luchar contra lo inevitable? Rendíos.

Las sombras resquebrajaron el suelo bajo sus pies. Greenie y Reddish apenas se aferraron a un borde resbaladizo, mientras los demás se sujetaban a la mampostería que se desmoronaba. Agua oscura gorgoteaba en lo profundo. La carcajada del Duende retumbó.

—Solo los necios siguen escalando —se burló, exultante—. ¿No veis que es demasiado arduo?

Una oleada de agotamiento mental los golpeó, la niebla **insinuando la idea** de que continuar era inútil.

Checkered jadeó:

—¡No! Debemos… seguir adelante.

Thumbpee ladró:

—¡El Polvo de la Resolución, ahora!

Con manos temblorosas, Firee esparció el polvo. Un aura luminosa los envolvió, renovando la esperanza y dándoles fuerzas para trepar de nuevo a terreno firme. El Duende gruñó y se desvaneció entre las sombras.

Al fondo del patio, donde la ilusión se había desplomado, parpadeó una humilde puerta de madera. Sus letras doradas rezaban:

"Libros Antiguos Rubicom sobre Riqueza, Fama y Amor"

(Est. hace varias generaciones)

Se acercaron con cautela. Conocían los rumores: Morpheus Rubicom, mentor esquivo, ojos hinchados, postura encorvada, rizos desordenados, maestro del disfraz. ¿Sería él?

Encuentro con Morpheus Rubicom

Dentro, una librería estrecha pero infinita los envolvió. Torres de tomos se alzaban precariamente, iluminadas por orbes flotantes. En el centro andaba una figura altísima y huesuda: ropa holgada, cabello rizado y revuelto, ojos inyectados de energía nerviosa; no paraba de mover los pies, tamborilear los dedos, morderse el labio.

Con una media sonrisa tensa los saludó.

—Tenacidad —murmuró—. Eso es lo que os falta, ¿eh? Si la tuvierais, las ilusiones no lograrían acorralaros.

Reddish titubeó:

—¿Eres… Morpheus Rubicom?

Soltó una risita entrecortada.

—He sido pintor, músico, prestidigitador… Hoy, sí: Morpheus Rubicom, a vuestro servicio. Seguidme.

Los condujo por corredores sinuosos. Un letrero maltrecho anunciaba:

"¿Qué es la Tenacidad para la Grandeza?"

Dos manuscritos gruesos reposaban en un atril tambaleante. Sorprendentemente, el perpetuo Rubicom empezó a recitar versos en un tono pausado y reflexivo…

*

Tenacidad

Es **atreverse** con valentía,

Es «Audacia Descarnada» personificada,

Es el «Filo Afilado» de la voluntad,

Es ferocidad y fiereza combinadas.

Es **hincar** los dientes

en cualquier cosa en la vida

con el más fuerte de todos los agarres.

Es el impulso resiliente e imparable,

La búsqueda implacable,

Es el relato de la determinación absoluta y pura,

El «Rompe-Miedos» definitivo,

Una demostración irrefutable de valor y coraje,

El ingrediente secreto para salir del molde del conformismo

mientras se abraza lo desconocido.

Es el «impulso incontrolable»

de buscar y explorar cosas nuevas,

mientras se calculan los riesgos.

Se trata de cuán buena

—la calidad y fortaleza—

es nuestra resiliencia

al enfrentar obstáculos y desafíos;

también de cuán rápido

nos adaptamos y reaccionamos a ellos.

Es estar siempre preparado para fallar

mientras se está listo para rebotar de inmediato

y seguir intentándolo.

La tenacidad es la mejor fórmula

para aniquilar y erradicar la incertidumbre.

Es uno de los métodos más efectivos

para disolver y borrar la ansiedad,

sin dejarle espacio para que respire.

La tenacidad es una virtud vital de la vida;

cuanto más la ponemos en práctica,

más confianza en nosotros mismos adquirimos.

Cuantos más círculos virtuosos,

cuantas más espirales ascendentes triunfantes

construimos,

mejores metas a largo plazo logramos,

más oportunidades aprovechamos,

mejores posibilidades de crear innovación

y avances ganamos.

Así, más grande se vuelve nuestro legado.

La tenacidad es cosa de magos,

un halo mágico,

el que llevan los Magos de la Vida…

"Los Magos de la Vida".

*

La voz de Rubicom **vibraba** de pasión, aunque su cuerpo nunca dejaba de moverse con nerviosismo. Al terminar, los miró con una intensidad apenas contenida.

—Arlequines, a diferencia de la imprudencia de la audacia, la tenacidad suele conducir a la grandeza —observó con sorprendente calma. Luego, volviendo a su gesto inquieto, preguntó de pronto, casi juguetón:

— Entonces, ¿por qué las ilusiones explotan vuestro agotamiento?

Breezie tragó saliva.

—Porque olvidamos avanzar y adaptarnos. Cuando las ilusiones dicen «basta», nos paralizamos.

Rubicom asintió espasmódicamente, rebuscó en un cajón y, al encontrar lo que quería, desplegó un papel arrugado para leer con solemnidad:

*

¿Qué es la Grandeza?

¡La Grandeza es la definición última del verdadero éxito!

La Grandeza **trata** de lo imposible,

La Grandeza **trata** de lo improbable,

La Grandeza **consiste en**

encontrar,

aprovechar,

descubrir,

desplegar

y desarrollar plenamente

el asombroso, absoluto, mágico poder

de nuestra *Genialidad*.

La Grandeza se **alcanza** a través de la

más valiente,

feroz,

implacable,

e inquebrantable

"Tenacidad".

La Grandeza es,

cuando **te elevas** por encima de lo ordinario,

cuando **sobresales** frente a todos los demás,

cuando **superas** todas las expectativas,

cuando **vas** más allá de tus sueños más salvajes,

cuando **consigues**

metas aparentemente insuperables.

La Grandeza, a menudo, también **surge**

cuando tus creaciones o logros

resuenan y se **propagan** universalmente

mientras **resisten** el paso del tiempo.

En tales casos,

tu Grandeza es reverenciada,

mientras se **arraiga**

en el folclore y la cultura de la sociedad.

La Grandeza **proporciona**

el sentido de logro más satisfactorio,

el más intenso

de todos los escalofríos,

el más dulce de todos los temblores

inundando todo tu cuerpo:

una oleada imparable de sentimientos y sensaciones,

una explosión gozosa de nuestras pasiones más profundas,

y la realización fulgurante,

la satisfacción más honda,

de lo que es

triunfar,

tener éxito,

vencer

y ser victorioso.

La Grandeza y el dinero son como el aceite y el agua:

las riquezas materiales nunca **engendran** Grandeza.

El conocimiento y la experiencia son ingredientes clave,

pero nunca los catalizadores ni los factores decisivos

para la Grandeza.

La Grandeza no necesita

audiencia,

reconocimiento

o elogios.

La Grandeza auténtica ocurre primero **por dentro**;

por lo tanto, el reconocimiento de la Grandeza por otros,

aunque **confiere** respeto,

también acarrea los lastres de la alabanza y la fama,

ambos volubles y banales.

Así, la Grandeza genuina

es sólo una manifestación

de nuestra propia Grandeza interior,

una de la que ni siquiera somos conscientes

al principio.

De este modo, la Grandeza es,

ante todo,

una manifestación espiritual,

un descubrimiento introspectivo,

una actitud que **portamos**

con orgullo y honor.

La Grandeza sólo **ocurre**

cuando **alcanzas, completas o culminas**

tu odisea, tu viaje, tu búsqueda;

justo en ese instante.

Es la culminación de una larga y ardua escalada,

en la que **elevamos** nuestros niveles de excelencia

contra grados crecientes de dificultad

al navegar por un aparentemente

infranqueable e interminable curso de obstáculos.

La Grandeza son esos momentos memorables

cuando **llegas** a la cima de una «colina»

y no hay nadie allí.

En la cumbre de la Grandeza

siempre **estás** solo,

simplemente porque nadie más ha igualado

tu hazaña aún —quizá nunca lo haga.

Nunca hay una secuela para la Grandeza,

pues, desde entonces y para siempre,

la Grandeza se convierte en tu credencial:

una que **portarás** como insignia de honor,

tu cicatriz de batalla,

tu rango y grado,

tu prueba bien ganada de éxito definitivo.

La Grandeza se vuelve tu persona.

Sólo aquellos que, implacablemente,

se **atreven**, **persiguen**, **perseveran**, **sobreviven**

y luego **llegan** donde otros no pueden,

obtienen y reciben Grandeza.

Pero no hay Grandeza

sin **innumerables, interminables y aplastantes**

derrotas y fracasos.

Soportando errores colosales, desaciertos y contratiempos,

y, cada vez,

levantándose de nuevo,

seguido de «ir a por ello»

una y otra vez…

una y otra vez…,

nunca, jamás rindiéndose.

El fracaso es un prerrequisito,

un bloque de construcción esencial

para la Grandeza.

Al competir,

la Grandeza ocurre

cuando, con nada en el tanque,

aun así **extiendes** ese centímetro extra

para cruzar la línea de meta por delante del pelotón.

La Grandeza puede ser

una circunstancia,

un momento,

un pináculo

o incluso una derrota;

puede ser una creación

en los mundos del arte, las letras, la ciencia,

o simplemente cualquier empeño competitivo en la vida,

pero siempre es un logro,

resultado de un esfuerzo extraordinariamente resiliente.

La Grandeza nunca es casualidad,

sino únicamente el resultado de

una voluntad

inquebrantable,

disciplinada,

impávida

y obsesivamente enfocada.

La Grandeza tampoco **surge** de la noche a la mañana;

demanda tiempo ganarla.

La Grandeza es lo que **mueve** y **avanza** a la humanidad,

abriendo nuevos estándares y fronteras,

enriqueciendo

nuestros hitos,

tesoros

y legados.

La Grandeza es también
uno de los signos de los magos:
"Los Magos de la Vida".

*

Cerrando el texto con manos temblorosas, Rubicom preguntó:

—Entonces, ¿cómo la tenacidad imparable **engendra** grandeza?

Greenie respondió suavemente:

—Al **no rendirnos** jamás, sin importar cuántas veces las ilusiones o los obstáculos reales **nos derriben**. Seguimos **escalando** hasta que **nos plantamos** en una cumbre que nadie más ha alcanzado.

Los ojos ansiosos de Rubicom brillaron.

—¡Sí! Grandeza no por gloria, sino para **superar** cada derrota.

Prueba ilusoria: Salón de medias derrotas

Con un movimiento brusco de un brazo, Morpheus Rubicom **conjuró** ilusiones a su alrededor: un corredor bordeado de intentos a medio terminar y metas abandonadas. Voces fantasmales **susurraban**: *«No puedes completar nada. ¿Por qué no detenerte? De todos modos, siempre fracasas»*.

El aire **se volvió** húmedo; las inundaciones de Mumbai **subieron** alrededor de Firee. Su hermano menor **gritaba**, atrapado mientras las aguas **crecían**, pero Firee **se inmovilizó**, la cautela **bloqueándole** las extremidades.

—¡No te moviste! —gritó el chico, **hundiéndose**.

La visión **se disolvió**, dejando a Firee jadeando, la culpa **pesando** en su pecho.

—No pude —murmuró, los puños **apretados**.

La sombra de Morpheus **se cernió**.

—La tenacidad **actúa** donde la duda **paraliza**.

Los ojos de Firee **se endurecieron** ante la escalera de caracol que se alzaba como una burla.

Los Arlequines **percibieron** cómo la duda **se infiltraba**. Pero, recordando las fervientes líneas del poema «Tenacidad», se **forzaron** a probar cada puerta ilusoria.

—Incluso sin magia, los mortales **escalan** a través de la desesperación: guerras, pérdidas; la tenacidad **es** humana —dijo Morpheus, su mirada **traspasando** el velo del tiempo.

Aunque las ilusiones **derribaban** pisos o **generaban** voces sombrías, **avanzaron**, repitiendo mentalmente los versos, y finalmente **subieron** las escaleras circulares. Las imágenes **se resquebrajaron**, revelando la librería original.

Rubicom **dibujó** una sonrisa tensa de aprobación; los nervios aún lo **sacudían**.

—¿Ven? La tenacidad **repele** las ilusiones de rendición.

El Sello de la Voluntad Inquebrantable

Extrajo un pequeño sello metálico con forma de llama de una caja antigua.

—Aquí, el Sello de la Voluntad Inquebrantable. **Invóquenlo** cuando las ilusiones susurren que están demasiado cansados o impotentes. **Avivará** el fuego interior y **desterrará** la tentación de rendirse.

Checkered lo **aceptó**, sintiendo un calor feroz **encenderse** en su pecho. El grupo **exhaló** aliviado, unido por un nuevo reservorio de determinación.

La mirada inquieta de Rubicom **recorrió** la estancia.

—No dejen que las ilusiones los **adormezcan** en la complacencia. La tenacidad **debe practicarse** a diario. Así **se forja** la grandeza: innumerables fracasos, pero **levantándose** de nuevo.

Un tenue brillo verdoso **parpadeó** en la base de la escalera, **desapareciendo** cuando Breezie **bajó** la vista, dejando solo el eco de la vigilancia de un depredador paciente.

Susurros de despedida

Guiándolos hacia la entrada, Morpheus Rubicom **se detuvo**, su cuerpo temblando como si **ansiara** desvanecerse.

—Recuerden, las ilusiones **se alimentan** del agotamiento. **Alimenten** siempre su determinación. No permitan que el Duende **perciba** vacilación. Si lo hace, las ilusiones **devorarán** su espíritu.

Antes de que pudieran agradecerle, la librería y Rubicom **se fundieron** en un torbellino de color, dejándolos nuevamente en la calle húmeda del Londres paralelo. A lo lejos, el Duende Oscuro **gruñó**, frustrado una vez más.

Thumbpee **saltó** sobre el hombro de Blunt, **ofreciendo** un breve asentimiento.

—Mejor. Mantengan ese sello cerca.

Los Arlequines **compartieron** miradas aceradas; los corazones **retumbaban** con los versos que aún resonaban:

«Es hundir los dientes en cualquier cosa en la vida...»

«...La Grandeza nunca es una casualidad...»

Avanzaron a través de la llovizna iluminada por la luna, seguros de que ninguna ilusión de rendición podría quebrantarlos ahora. La tenacidad **ardía** en cada paso: una fuerza feroz e imparable que las ilusiones no podían esperar **apagar**.

La advertencia del Big Ben

Un profundo tañido del Big Ben **sacudió** el aire, cada nota **reverberando** en sus pechos.

Firee murmuró:

—Eso **sonó**… diferente. Como una advertencia.

Greenie añadió:

—Nos **quedamos** sin horas. No **desperdiciemos** ni un minuto más.

Se apresuraron, inciertos de si el Duende **escuchaba** desde las sombras o si nuevas ilusiones **golpearían** primero.

Capítulo 12: El Último Repique

Un silencio **se posó** sobre el Londres paralelo, sus calles iluminadas por la luna **conteniendo** el aliento mientras los Arlequines emergían de la esquiva librería de Morpheus Rubicom. La noche lluviosa **se había vuelto** fría, y en la quietud cada eco de sus pisadas **retumbaba**, cada sombra **parecía** un observador ominoso. Sin embargo, el Sello de la Voluntad Inquebrantable **centelleaba** tenuemente entre ellos, recordándoles la nueva tenacidad que **habían forjado**.

Checkered **alzó** la vista. La luna **parecía** imposiblemente grande y cercana, su brillo plateado **bañando** los tejados con luz espectral.

—Estamos tan cerca —**susurró**—. El Orloj nos llama.

—¿Pero ¿dónde? —**preguntó** Reddish, **explorando** el callejón desierto.

Un repique inquietante **resonó** suavemente en el aire, **atrayéndolos** hacia un pasaje angosto que no **habían percibido** momentos antes. El aire a su alrededor **fulguraba**, insinuando que la realidad misma **se curvaba**, **incitándolos** a avanzar.

—Permanezcan alerta —**ordenó** Blunt en voz baja, con el corazón **golpeando** fuerte—. El Duende no nos dejará llegar al Orloj sin desafíos.

Un destello de miedo

Avanzaron por el estrecho corredor, cada paso **cargado** de temor y resolución. Las paredes **parecían estrecharse**, los adoquines bajo sus pies **destellaban** con runas encantadas que **relampagueaban** al paso de los Arlequines. De pronto, desde la oscuridad frontal **surgió** una voz: seca, burlona, impregnada de malicia.

—¿De verdad creen que estas virtudes pueden salvarlos? —El duende maléfico **apareció**, su figura retorcida **palpitando** con energía malévola—. El golpe final me pertenece —**siseó**.

Sus ojos **relampagueaban** con cruel satisfacción.

Firee **se irguió**, aunque la tensión **le crispaba** los hombros.

—No si permanecemos juntos.

El Duende **rió**, un sonido lo bastante frío para **encoger** el aliento. Sombras estallaron como cadenas vivientes, **azotándolos** desde todos los flancos.

—Entonces pruébenlo —**desafió**.

Uniendo sus poderes

Checkered **gritó** sobre el caos:

—¡Usen todo lo que hemos ganado!

En un latido, Breezie **elevó** el Amuleto de la Fidelidad, **blindando** su unidad. Greenie y Reddish **dispersaron** el Polvo de la Resolución, **reavivando** su coraje. Blunt **activó** el Espejo de la Humildad para **desenmascarar** las ilusiones del Duende, mientras Firee **empugnaba** el Sello de la Voluntad Inquebrantable, **fijando** un impulso férreo en sus corazones.

Una confluencia de luz **estalló**: lealtad, perseverancia, humildad y tenacidad **brillaban** como una sola. El Duende **bufó**, **retrocediendo** ante la sinergia. Por un instante el corredor **resplandeció** como a mediodía, y las sombras **se estremecieron** bajo aquella aura.

—¡Ahora! —**exclamó** Blunt, **guiándolos** más allá del umbral momentáneamente despejado hasta un patio abierto.

Adentrándose de nuevo en el laberinto

Blunt fue el primero en **reponerse**. **Se incorporó**, los hombros **afianzados** por una determinación renovada.

—No tenemos una pista directa, pero sabemos que las ilusiones y el Duende no **esperarán**. Seamos proactivos: usen la lente en el momento en que algo **parezca** extraño. No más dudas.

Checkered **palpó** la bolsa, verificando que la Lente de Claridad **estuviera** al alcance.

—De acuerdo. No podemos permitirnos más tropiezos.

Greenie y Firee **intercambiaron** una mirada firme. **Sacaron** sus frascos y **apurarón** el último sorbo de té, **ignorando** el sutil remolino de espuma mágica en el borde.

A su alrededor, el Londres paralelo **hervía**: un torbellino de caos fascinante. Percibían ilusiones por doquier: un letrero callejero **mutando** runas al sol matutino; un bufón **invocando** fénix diminutos para peatones risueños. La ciudad **era** un tapiz maravilloso… y un laberinto de trampas latentes.

Thumbpee **agitando** las alas:

—Sí, sí, basta de charla. ¡Marchemos!

Un horizonte de posibilidades

Recogiendo sus pertenencias, los Arlequines **se deslizaron** de nuevo por las calles mágicas. El día apenas **nacía**, y con él nuevas ilusiones. Las palabras del Orloj **ardían** en sus mentes: *«Usen lo que ya tienen. Sean decididos. No duden»*.

Buggie **planeó** delante, **proyectando** destellos verdes como faros exploradores. Thumbpee **se acomodó** en el hombro de Blunt, más vigilante que nunca. Incluso el zumbido de la ciudad **retumbaba** más fuerte, como si reconociera el pacto silencioso entre los seis amigos.

Tal vez no hubieran recibido un nuevo poema o artefacto, pero **portaban** la advertencia paternal: una urgencia mayor que cualquier talismán. El Duende **acechaba**, las ilusiones **aguardaban**; no permitirían que la confusión o la duda **se infiltraran** otra vez.

—Está bien, **hagámoslo** —afirmó Reddish, la voz cargada de confianza.

Los demás **asintieron**. Y así, **abandonaron** la seguridad del callejón y **abrazaron** una vez más las vibrantes, peligrosas calles del Londres paralelo, dispuestos a demostrar que podían **empuñar** sus poderes con la disciplina que el Orloj exigía.

Ensueño en Abbey Road

Apenas **habían ordenado** sus pensamientos siguiendo a Buggie cuando Lazarus Zeetrikus, alto y desgarbado bajo su característico sombrero de copa doblado, **se materializó** desde una esquina nebulosa.

—¡Apresúrense, jóvenes magos! —**clamó**, con la voz llena de emoción—. ¡Nos aventuramos en una era más moderna esta noche: ¡el Londres de los años sesenta, ni más ni menos!

Antes de que pudieran preguntar más, los **condujo** por un corredor tenuemente iluminado del Londres paralelo, cada paso **disolviéndose** en ilusiones arremolinadas que los **trasladaron** a una calle bordeada de árboles bajo una leve llovizna. Las farolas **proyectaban** reflejos acuosos en el pavimento, y al otro lado de la calzada **se alzaba** un gran edificio blanco rotulado como **Abbey Road Studios**.

—¡No puede ser, aquí es donde los Beatles grabaron! —**jadeó** Breezie, con los ojos muy abiertos de asombro.

Zeetrikus **asintió**, **franqueando** una entrada lateral sombría. Dentro, los pasillos **parecían** estrechos, con soportes de micrófono y cables enrollados por todas partes. Una ola sutil de ilusiones **silenció** al personal: nadie **advirtió** a los Arlequines **deslizarse** hasta la pequeña sala de control adyacente a un estudio mayor.

—Observen en silencio —**susurró** Zeetrikus—. La música **florece** con la sinergia. Contemplen cómo estos cuatro **trabajan** como uno solo.

Tras un tabique de vidrio, en un espacio de grabación suavemente iluminado, cuatro jóvenes vestidos al estilo sesentero **tocaban** a media canción, **hilando** una pista nueva. El rasgueo suave de una guitarra y el rebote juguetón de un bajo **se fundían** con un discreto teclado. Las letras **se**

formaban en el aire nebuloso del estudio, texto efímero que **brillaba**:

«All you need is love…»

Firee **sintió** un escalofrío eléctrico **recorrerle** la espalda.

—La música de esta banda **moldeó** la cultura global, alcanzando corazones más allá de cualquier ilusión —**murmuró**.

Sobre sus cabezas, las ilusiones **arremolinaban** iconográficas portadas de álbumes y multitudes rugientes en estadios. Una imagen fugaz de un músico con gafas —quien nos **dejó** demasiado pronto— **pulsó** como residuo melancólico: su sueño de un mundo unido **vivía** en una tierna balada que **imaginaba** fronteras borradas, ilusiones disipadas y almas libres de miedo.

—Vean cómo **entrelazan** cada acorde —**indicó** Zeetrikus, **ladeando** su sombrero—. Cada aportación **define** la obra maestra. El legado cultural británico no es solo clásico; la creación moderna también **transforma** nuestro mundo.

Desde detrás de la consola, un ingeniero de grabación **señaló** un reinicio. La sinergia **se intensificó**: el cuarteto **intercambió** sonrisas, **tejiendo** un tapiz armónico que **resonaría** en innumerables futuros.

Greenie **exhaló** suavemente, los ojos **humedeciéndose**.

—Son solo cuatro amigos, y sin embargo **redefinieron** una era.

Zeetrikus **respondió** con un leve asentimiento.

—En efecto. Como el Orloj les **recordó**: las ilusiones **se desvanecen**, pero la creatividad **perdura**. La imaginación puede sobrevivir a cualquier oscuridad.

Las luces en el estudio **parpadearon** mientras Zeetrikus **abría** otro portal, arremolinado con luz estelar tenue y las notas débiles de una melodía atemporal.

—Nunca olviden —**dijo** con suavidad—. Un solo acorde o una letra pueden **ondular** a través de décadas, uniendo ilusiones de conflicto con armonías de esperanza… así como cierta balada **nos insta** a *imaginar* un mundo sin fronteras ni miedo.

Imagine…

Pareció como si un eco silente de una canción posterior **flotara** entre ellos: un suave acorde de piano acústico **se entretejía** con la pista que aún **sonaba** en el estudio.

Reddish **se pasó** la mano por la garganta, **luchando** con un nudo repentino.

—Él **compuso** eso, ¿verdad? Un tiempo distinto, pero el mismo sueño de unidad, de ilusiones **disueltas** por amor y paz.

Zeetrikus, **percibiendo** el cambio en la ilusión, **inclinó** el sombrero tristemente.

—Sí. El mensaje de aquel soñador **se elevó** incluso después de la tragedia. Nos **recuerda** que las ilusiones de miedo y desconfianza pueden **diluirse** si **nos atrevemos** a vernos como un solo pueblo, un solo mundo.

Por un instante, el texto efímero **resplandeció** con fuerza:

«...*You may say I'm a dreamer*...»

Checkered **suspiró, posando** una mano en el hombro de Firee.

—Quizá ese sea también nuestro llamado. Como magos, **enfrentamos** ilusiones cada día. Si una sola letra puede **mover** corazones, nuestra magia podría **acercar** a las personas.

Blunt **esbozó** una sonrisa melancólica.

—Él **imaginó** un mundo sin fronteras, un lugar libre de ilusiones que dividen. Nuestra búsqueda no es tan distinta.

Regreso a través del Portal

Un suave tirón de magia **se arremolinó** a su alrededor. Uno a uno, los Arlequines **cruzaron** el portal, **dejando** el zumbido del equipo de estudio sesentero por el silencio sombrío del Londres paralelo. La llovizna **persistía**, tamborileando sobre los adoquines, pero ahora un calor renovado **palpitaba** en sus pechos.

Se **hallaron** otra vez en la esquina iluminada por la luna donde Zeetrikus los había guiado al principio: cerca de una intersección tranquila de viejos edificios de ladrillo. Aunque no **aparecían** ilusiones inmediatas, **percibían** la resonancia persistente de aquella sesión legendaria.

—Esa sinergia —**comentó** Checkered, **sacudiendo** gotas de la manga—. **Entona** con el consejo del Orloj: unidad y acción rápida, cada mago en sintonía, sin vacilación.

Zeetrikus, posado en el umbral de un corredor tenue, **alzaba** su sombrero de copa doblado en un último saludo.

—Música o magia: cada acorde o hechizo **exige** la misma armonía de propósito. Sigamos **avanzando**. Nuestro próximo desafío **aguarda**.

Con ello, **se desvaneció** en el aire suavemente arremolinado, dejando a los Arlequines **compartir** sonrisas decididas. En un acuerdo silencioso, **se encaminaron** hacia el siguiente giro del laberinto del Orloj, sus corazones **rebosantes** con la lección perdurable de una banda cuyas canciones **trascendieron** ilusiones y con la esperanza ferviente de que algún día todos **escucharan** el mensaje:

"Todo lo que necesitas es amor…

Imagina… un mundo libre de las ilusiones que nos dividen."

Una llamada repentina

Un tenue resplandor **pulsó** a lo largo del callejón, **formando** una flecha etérea suspendida en el aire.

Checkered (levantando las cejas):

—¿Una flecha… del Orloj o un truco más?

Reddish:

—Solo hay una forma de averiguarlo. La **seguimos** o **perdemos** tiempo.

Tras un intercambio de miradas firmes, **avanzaron**, la flecha **brillando** ominosamente como si **reclamara** su paso hacia profundidades desconocidas.

La hora final del Orloj

Allí, en silencioso esplendor, **se erguía** el Orloj mismo: un enorme reloj astronómico rodeado de runas danzantes y engranajes fantasmales que **giraban** alto en el cielo. Su cara **marcaba** un minuto antes de la medianoche; cada tic **retumbaba** como un latido antiguo.

De repente, el patio **tembló**: el Duende reapareció, furioso, su figura **creciendo** con cada exhalación.

—¡No pueden eludir su destino! —**chilló**, lanzando ilusiones oscuras que **ondulaban** como llamas negras.

Los Arlequines **alzaron** la guardia, con los poderes recién afinados **a punto**.

El Duende **se mofó**, su voz como una hoja dentada:

—Confiaron una vez; su vínculo **se quebrará** como el mío bajo los engranajes de Praga.

Sus garras **cortaron** el aire, pero los Arlequines **se mantuvieron** firmes; su unidad **formaba** un escudo. Las ilusiones **titubearon**, y una visión **brotó** sin invitación: un Duende más joven, envuelto en runas del Orloj, **suplicaba** mientras una torre **colapsaba**.

—¡No me dejen! —**gritó**. Las piedras **lo aplastaron**, la oscuridad **ahogando** sus alaridos.

Greenie **jadeó**:

—Era como nosotros.

La espada de Blunt **vaciló**.

—¿Podríamos haberlo salvado?

La voz del Orloj **tronó**, firme:

—Su elección fue suya.

El Duende **rugió**, pero su forma se **deshilachó**, **desintegrándose** en cenizas. Su lamento **vibró**, un hilo melancólico en el silencio.

Checkered **se dejó** caer contra un engranaje, su respiración entrecortada.

—Creí que nos romperíamos esta vez —**susurró**, con las manos temblorosas.

Breezie **rozó** la cicatriz parisina en su brazo.

—Casi ocurrió —**admitió**.

El zumbido del Big Ben **latía** entre ellos. Blunt **cerró** los puños:

—Seguimos aquí.

El repique supremo

Por encima, el Orloj **retumbó**; el golpe final **reverberó** en sus mentes. Una oleada poderosa **irradiaba** desde la esfera, **envolviéndolos** en un halo protector. El tiempo **pareció** ralentizarse, cada aliento **alargándose**, cada latido **sincronizado**.

—Han llegado lejos, jóvenes —**resonó** una voz paternal, en todas partes a la vez—. Este Duende **se alimentaba** de la duda, pero ustedes **abrazaron** virtudes forjadas en el camino. **Permanezcan** firmes.

Ese calor de la presencia del *Orloj* —tan paternal, tan inmensamente antiguo— fortaleció sus espíritus. En ese breve y victorioso silencio, un retumbar siniestro estremeció el aire, sacudiendo los engranajes y las piedras a su alrededor. Los Arlequines quedaron paralizados, volviendo la vista rápidamente hacia las cenizas dispersas. Estas comenzaron a reagruparse con violencia; las sombras se unieron en una silueta retorcida, más profunda y formidable que antes. Sus ojos destellaron en color carmesí, ardiendo con renovada malevolencia.

—Osáis celebrar demasiado pronto —siseó el Duende con voz impregnada de furia, distorsionada como si emergiera de un vacío.

Ascendió velozmente, creciendo con rapidez, su figura retorciéndose con tentáculos de sombra y rayos carmesí.

Ajedrezado retrocedió tambaleante, levantando una mano por instinto.

—Es más fuerte que nunca…

El Duende lanzó un rugido ensordecedor, una cacofonía insoportable que combinaba desesperación, duda y furia. Las sombras avanzaron como látigos, envolviendo el patio en una oscuridad asfixiante. La radiación protectora del Orloj parpadeó brevemente, su antigua fuerza puesta a prueba por la ferocidad del Duende.

—¡Vuestra unidad es frágil! —vociferó el Duende, sus ojos reducidos a rendijas de fuego—. La destruiré, pieza a pieza.

Brisado trastabilló, llevándose las manos al pecho, sin aliento por la oscuridad opresiva. Fuegue tanteó a ciegas buscando a los demás, con la voz quebrada:

—¡Resistid… resistid juntos!

Los ojos de Greenie brillaron desafiantes entre lágrimas, y su voz atravesó con fuerza el vendaval del Duende:

—¡No! Nuestro vínculo ha sido forjado por cada desafío al que nos hemos enfrentado. ¡No nos romperemos ahora!

Blunt rugió, lanzándose hacia adelante en la oscuridad con Pulgarín agarrándose firmemente a su hombro.

—¡Manteneos firmes! ¡Recordad las virtudes que nos han traído hasta aquí!

Checkered **inhaló** profundamente y **dio** un paso al frente.

—Nuestra unidad es más fuerte que tu oscuridad —**declaró** al Duende.

Las luces **se arremolinaron** y **estallaron**, el color de cada Arlequín **fusionándose** en un único resplandor palpitante. El Duende **aulló**, **luchando** por mantener sus ilusiones intactas. Pero la sinergia de disciplina, lealtad, amabilidad, humildad, perseverancia y tenacidad, **unida** al aura paternal del

Orloj, **resultaba** demasiado. Una vez más, el duende maléfico **se desmoronó** y **se disolvió** en negrura arremolinada, **desterrado** —por ahora—: un réquiem de cenizas y ecos, su malicia **ahogada** por el repique del amanecer de la unidad.

Con una risa inquieta, Zeetrikus **los condujo** a través de una puerta de hierro, **demostrando** que, ante el intento final del Duende de aplastar sus espíritus, su tenacidad **brillaba** inquebrantable.

En silencioso esplendor **se erguía** el Orloj: el enorme reloj astronómico rodeado de runas cambiantes y engranajes fantasmales **girando** alto en el cielo.

La puerta de hierro **los condujo** arriba, a través de piedra retorcida; el aire **se volvió** más frío mientras **alcanzaban** las alturas de la Torre, entrando en un patio abierto donde el Orloj **aguardaba** una vez más.

Un momento de triunfo

El silencio **se impuso**, roto solo por el tic-tac resonante del Orloj. Los Arlequines, sin aliento y maravillados, **palparon** la magnitud de su victoria. Sabían que el Duende podría **sobrevivir**en alguna sombra distante, pero este choque **corroboraba** todo lo aprendido.

Checkered **exhaló**, la voz temblando de alivio.

—Lo hicimos.

Reddish **asintió**, aunque la cautela **ensombrecía** su mirada.

—Pero el desafío final del Orloj… no ha terminado, ¿cierto?

Greenie **alzó** la vista hacia la imponente esfera, una certeza pensativa **brillando** en sus ojos.

—La medianoche se acerca. Por las palabras del Orloj y el camino recorrido, está claro: nuestra última prueba **aguarda** en la Torre de Londres. Solo **quedan** unas horas en este reino.

En ese momento, la voz del Orloj **retornó**, más suave pero igual de paternal:

—Sí, queridos Arlequines: su prueba final **reside** más allá de estas ilusiones. **Avancen** con las virtudes que los han moldeado.

Las manecillas **se deslizaron** hacia la medianoche, los engranajes **zumbando** en sutil unísono. Otro repique **sonó** quedo, **confirmando** su preparación.

Blunt **alzó** el mentón, resuelto.

—Nos enfrentamos a la Torre de Londres a continuación. No **flaqueemos**.

Thumbpee, posado de nuevo en su hombro, **asintió** con brevedad.

—Sin tiempo que perder. **Marchen**.

Camino a la Torre

Así, los Arlequines **abandonaron** el patio del Orloj, con los corazones **palpitando** de fervor. Habían repelido las ilusiones del Duende y **fusionado** todos sus poderes. Sin embargo, el enfrentamiento definitivo aún **los aguardaba**: la prueba que **ofrecería** la ascensión o la caída.

Al **cruzar** el umbral, el aura del Orloj **se atenuó** en un resplandor suave, como un aliento silencioso. La penumbra de la ciudad **volvió a cerrarse**, pero ya no la **temían**; portaban la bendición paternal del Orloj y las virtudes **ardían** como un escudo que ninguna ilusión podía **quebrar**.

Capítulo 13: El desafío de la Torre de Londres

—Por fin —**murmuró** Blunt, contemplando la silueta de la Torre.

—Estamos aquí —**susurró** Checkered en respuesta, los ojos **brillando** de anticipación.

Habían dado un giro completo: Venecia, Praga, París; todo **culminaba** en esta noche dentro de la Torre de Londres. Ahora, de pie entre adoquines iluminados por la luna y las antiguas murallas de la fortaleza, los seis jóvenes magos **sentían** que el tiempo **temblaba** a su alrededor.

No había góndolas arremolinadas ni ilusiones efervescentes de la Torre Eiffel esta vez, solo la oscura gravitas histórica de la Torre, con siglos de intriga **susurrando** en cada piedra. Relámpagos **parpadeaban** sobre los lejanos parapetos, seguidos de truenos retumbantes. Algo vasto y mágico **estaba a punto de suceder.**

La reunión en la Torre

Los Arlequines —Blunt, Reddish, Checkered, Firee, Greenie y Breezie— **se acercaron** a la puerta exterior, con expresiones de cautela y emoción. Esta prueba final **determinaría** si **ascendían** a Magos Orloj, rango más allá de los Maestros Magos, del que se rumoreaba que **maneja** magia temporal y moral aún mayor.

Dos pequeñas figuras **flotaban** sobre sus cabezas, **Thumbpee**, posado en el hombro de Blunt, los brazos cruzados y los ojos **escrutando** amenazas, **Buggie**, **describiendo** círculos cerrados, sus alas brillantes **dejando** un tenue rastro verdoso.

—Estamos listos —**dijo** Checkered, recordando lo cerca que **habían estado** del fracaso en misiones anteriores.

Thumbpee **asintió**, su voz chillona grave.

—Cada vez, **superaron** las ilusiones **viviendo** sus virtudes. Esta noche **se enfrentarán** a seis nuevas pruebas, cada una ligada al defecto o virtud aprendida. Si **fallan** en una sola, el camino a la Magia Orloj **se derrumbará**.

Nadie **habló**, pero su determinación **resplandecía**. Más allá de la puerta, los cuervos **graznaban**, como si los legendarios guardianes **dieran** la alarma.

Las alas de Buggie **centellearon** intensamente.

—Sigan —**zumbó, proyectando** un rayo verde hacia la pesada puerta de madera incrustada en la piedra.

Juntos, **cruzaron** el umbral.

Una bienvenida inesperada

Emergieron en un amplio patio ensombrecido por la torre central. Formas oscuras **revoloteaban** de parapeto en parapeto. Antorchas **chisporroteaban** en soportes de hierro, el juego de sombras y llamas **confería** a la fortaleza un aire sobrenatural.

De pronto, seis columnas de luz pálida **se alzaron** a su alrededor, **coagulándose** en seis ilusiones, **Cornelius Tetragor**, con voluminosa túnica blanca, **Lettizia Dillettante**, escultural y nórdica, **Lazarus Zeetrikus**, sombrero de copa doblado, **Lucrecia Van Egmond**, alta y pálida, **Paulina Tetrikus**, baja e intense, y **Morpheus Rubicom**, ropa demasiado grande, **paseando** inquieto.

Todos a la vez **proclamaron**:

—¡Arlequines! Esta noche **desafían** la Torre. Para convertirse en Magos Orloj, **deben** conquistar seis pruebas. Aparecemos como ilusiones: cada una **pondrá a prueba** el defecto o la virtud que **enseñamos**. Las ilusiones **se arremolinarán** como niebla; usen sus poderes, pero la elección moral es su mayor arma. Buena suerte.

En un parpadeo, las apariciones **se disiparon**. Desde lo alto, el gran reloj de la capilla —silencioso para oídos mortales— **empezó a repicar** suavemente en sus mentes, eco de la presencia mística del Orloj.

Breezie **exhaló**.

—Mejor **esperamos** ilusiones en cada giro.

Blunt **asintió**.

—No tiene sentido **detenernos**.

Atravesaron la puerta interior, **descorrieron** el cerrojo y **se internaron** en las profundidades.

En un corredor tenue que **precedía** la cámara final, el suelo **se volvió** fragmentos de hielo mientras columnas de llama **rugían** desde rejillas de hierro. La voz del Duende **retumbó**:

—¿Así que **piensan** que sus hazañas insignificantes pueden **soportar** una prueba real?

Greenie **sintió** el pánico **morderle**los tobillos, pero Checkered **aferró** su hombro.

—Hemos **caminado** por peores lugares. ¿Recuerdas Praga?

Unidos, los Arlequines **avanzaron**. Las ilusiones **se abrieron** como una cortina de chispas y ventisqueros. Sus cuerpos **permanecieron** intactos; sus pies, ilesos. En minutos **superaron** el guantelete, los corazones **palpitando**, pero indemnes: prueba viviente de sus primeras lecciones.

La Prueba de la Generosidad
El laberinto de coronas

Dentro del salón inferior de la Torre, la tenue luz de las antorchas revelaba un amplio corredor bordeado de reliquias polvorientas: armas históricas, armaduras maltrechas, tapices raídos. De repente, un brillo arremolinado se encendió en el suelo, formando una espiral dorada que conducía a una cámara lateral.

Lo siguieron hasta una sala abovedada. Las vitrinas estaban abiertas, cada una contenía una corona o un cetro que brillaba con joyas. Un aura inquietante rodeaba aquellos tesoros. Greenie jadeó.

—¿Son estas ilusiones de las Joyas de la Corona…?

Una voz resonó desde la penumbra:

—Tomen su premio, jóvenes magos. ¿Acaso no se han ganado una recompensa?

El resplandor en torno al tesoro se intensificó, atrayéndolos. Se hizo un silencio absoluto.

Reddish frunció el ceño.

—Algo… no marcha bien.

Checkered asintió.

—Si estamos aquí para probarnos, apropiarnos de este botín resulta incorrecto.

El corredor que quedaba atrás se selló con un ruido repentino. La única salida visible era una alta puerta en la pared opuesta, cerrada bajo un escudo dorado.

Lo atractivo del Tesoro

Destellos de ilusión danzaban entre las joyas, Un orbe dorado relucía ante Firee, prometiendo poder imparable, una daga incrustada de diamantes guiñaba a Breezie, tentando con doble agilidad, un legendario cetro parecía llamar a Blunt: *«Tómame, te lo mereces»*.

Las voces susurraban:

—Han hecho tanto; reclamen lo que se les debe…

Greenie contuvo el aliento.

—Esta debe de ser la primera prueba. Si cedemos a la codicia…

—…fracasaremos en Generosidad —remató Blunt. Las ilusiones presionaron más fuerte: Nadie lo sabrá…

Reddish apretó la mandíbula.

—Compartimos todo o nos marchamos.

—Por ellos, siempre —susurró, el desafío convertido ahora en amor; el oro de la prueba brilló todavía con más fuerza.

Acto de Generosidad

Al llegar a un cofre maltrecho, vieron un pequeño cuenco dorado, libre de ilusiones, con una simple inscripción:

«DEN DE USTEDES MISMOS LO QUE MÁS CODICIAN»

Firee colocó una mano sobre el pecho.

—Algo simbólico. Cada cual debe ofrecer lo que aprecia.

Sin dudarlo, fueron depositando un objeto preciado:

Blunt se quitó el anillo que le había dado un mentor querido. Checkered dejó su amuleto de plata. Reddish ofreció un alfiler de reliquia. Breezie depositó su pulsera en blanco y negro. Firee renunció a su viejo reloj de bolsillo. Greenie entregó su pluma favorita.

Las ilusiones en torno a las joyas parpadearon y se desvanecieron. El cofre refulgió; el escudo de la puerta se descorrió.

Un torbellino de humo reveló a Cornelius Tetragor:

—Generosidad frente a la tentación: bien hecho, Arlequines. La verdadera riqueza no radica en acaparar, sino en dar.

Hizo una reverencia y desapareció. La puerta se abrió al siguiente corredor.

La prueba de la Arrogancia

El corredor de espejos

Un pasaje sinuoso los condujo por el interior de la White Tower hasta un corredor opulento flanqueado por espejos altos y pulidos. La luz de luna que entraba por las ventanas hacía que los reflejos se desplazaran salvajemente, creando un salón de imágenes sin fin.

Uno de los reflejos se burló, el rostro mutado en una aguja oscura de Notre-Dame.

—Casi los perdiste en París; tus órdenes flaquearon, y Firee pagó el precio —escupió la copia.

El aliento de Blunt se cortó cuando estalló una ilusión: Firee, inerte, la capa teñida de rojo tras la caída de una gárgola. Los ojos acusadores de sus amigos lo atravesaban.

—Los guie mal —se quebró.

El doble rio:

—No eres nada por ti mismo.

Blunt miró a sus compañeros, reales e intactos.

—No soy nada sin todos ustedes —susurró, sin defensas.

El espejo estalló; su humildad deshizo la mentira.

Reddish soltó el aire.

—Ya hemos lidiado con estos espejos: mantened la guardia.

Al avanzar, cada superficie onduló y escupió copias engreídas:

El doble de Blunt lucía medallas imaginarias: *"Yo solo soy el líder; esta hazaña me pertenece"*.

El doble de Firee insistía en que su cautela era lo único que salvaba al grupo.

El de Checkered alardeaba de cargar con todas las tareas difíciles, y así sucesivamente…

Luchando contra el ego

Estos falsos reflejos avanzaban, burlándose de ellos, cada clon orgulloso intentando eclipsar al mago real. Los espejos del corredor vibraban ominosamente, forzando a cada Arlequín a encarar a su contraparte vanidosa.

Greenie se topó con su clon, que se jactaba de una intuición imparable mientras menospreciaba a los demás. Furiosa, se abalanzó, pero la ira no hizo sino alimentar las ilusiones.

Breezie advirtió que los estallidos mágicos directos se dispersaban sin efecto. Las ilusiones del ego prosperaban con la negatividad.

En comunicación de pensamiento, Checkered gritó:

—¡Todos, humildad! Si alimentamos su orgullo, crecerán. Tenemos que hacer lo contrario.

Uno por uno, cada mago encaró a su yo del espejo con verdades humildes:

Blunt:

—Confío en mis amigos. Solo, fracasaría.

Reddish:

—Necesito vuestros puntos de vista. Mi audacia, por sí sola, no basta.

Greenie:

—Mi intuición se fortalece con la aportación de todos.» A medida que cada uno proclamaba humildad, el clon correspondiente se resquebrajó y se disolvió en fragmentos de luz. Los ecos de las risas burlonas se extinguieron.

Aprobación del Mentor

De detrás de un espejo emergió Lettizia Dillettante, con los brazos cruzados sobre su figura nórdica, la expresión serena, aunque orgullosa:

—Bien hecho. La arrogancia es astuta: el elogio puede torcerse en ego con facilidad. Habéis vencido abrazando la humildad. Recordad: la mejor defensa contra el orgullo es confiar en las fortalezas de los demás.

Asintió y después se desvaneció en un torbellino de polvo. La puerta del corredor crujió al abrirse. Prosiguieron.

La prueba de la Amabilidad
Los prisioneros fantasmales

Enseguida llegaron a un bloque de prisión lúgubre, con celdas de piedra a ambos lados. El pasado de la Torre como lugar de confinamiento los oprimía. La luz de las antorchas parpadeaba a través de las barras oxidadas.

Un lamento quebrado se elevó desde una celda cercana:

—Ayuda… alguien…

Se acercaron con cautela y vieron una figura espectral medio transparente, desplomada tras los barrotes. La puerta estaba firmemente cerrada.

Greenie frunció el ceño.

—Tenemos que hacer algo.

—Ya te veo —susurró Breezie al espectro, su toque suave redimiendo el pasado con gracia tranquila.

Buggie flotó, proyectando un rayo sobre la vieja cerradura. Pero en cuanto Firee trató de abrirla con un hechizo, aparecieron más fantasmas en celdas contiguas, gimiendo lastimeramente; eran demasiados para liberarlos uno a uno.

Checkered murmuró:

—Esto prueba si nos importará el sufrimiento de desconocidos.

Compasión más allá de la Lógica

Mientras vacilaban, los gemidos se intensificaron; manos intangibles se extendían desde las celdas, alimentando el temor. Reddish y Breezie comenzaron a forzar cerraduras, pero por cada fantasma liberado, surgían otros nuevos.

El tiempo apremiaba. ¿Podían salvarlos a todos? Blunt comprendió:

—La amabilidad no consiste en arreglarlo todo, sino en preocuparse lo bastante para intentarlo.

Ofrecieron entonces pequeñas misericordias: palabras de consuelo, ilusiones de calor, bendiciones suaves. Aunque no podían liberar físicamente a cada espectro, se negaron a volverse insensibles. Poco a poco, los lamentos se apagaron; las ilusiones se desvanecieron celda tras celda. Al cabo, el pasaje quedó vacío, salvo por una puerta maltrecha al fondo.

Interludio breve del Mentor

De las sombras se materializó Lazarus Zeetrikus, el sombrero de copa ladeado, el alivio suavizando su severidad habitual:

«Compasión ofrecida sin garantía de éxito: excelente. La bondad persiste aun cuando la causa parezca perdida. Adelante».

Le agradecieron en voz baja. Él desapareció y les dejó paso a la siguiente cámara.

El corredor descendía; el agua les subía hasta el pecho. En la penumbra flotaban ilusiones de figuras ahogadas. Firee tragó saliva.

—¿Alguien más siente que esto es algo más que un truco?

—Sabremos manejarlo —respondió Breezie, recordando su poder de respirar bajo el agua aprendido en Venecia. Uno a uno se sumergieron; las ilusiones, como algas fantasmales, se enroscaban sin hacerles daño.

Tomados de la mano para sostenerse, avanzaron a paso calmado; las apariciones chillaban, impotentes ante su serenidad. Salieron a la superficie sin aliento, pero ilesos y siguieron adelante, decididos a que las últimas trampas del Duende no les impedirían alcanzar la cumbre de su búsqueda.

La Prueba de la Perseverancia
La Armería del Cansancio

Entraron en una gran cámara circular bordeada de armamentos antiguos: espadas, lanzas, ballestas expuestas en filas ordenadas. De inmediato, un aura aplastante de cansancio se instaló, una pesadez mental que susurraba **dejar** de intentarlo es demasiado difícil.

Checkered se frotó las sienes.

—¿Por qué de repente me siento agotada?

Cada respiración profundizaba su agotamiento. Un sutil encantamiento en el aire los instaba a arrojar sus varitas, a descansar, a admitir la derrota.

Reddish **sintió** sus rodillas tambalearse, como si subir otro escalón fuera imposible. Breezie casi dejó caer la lente por pura apatía.

Enfrentando el impulso de renunciar

Un torbellino de ilusiones formó formas monstruosas que avanzaban no con furia sino con un empuje lento e implacable, como un esfuerzo infructuoso. Blunt intentó lanzar un hechizo de aturdimiento básico, pero su brazo se sentía como plomo.

Las ilusiones se alimentaban de la determinación menguante del grupo.

—No... cedan... —jadeó Greenie—. La perseverancia es seguir adelante.

—Termino lo que empiezo —gruñó Checkered, empujando más allá, su determinación de acero donde antes había duda.

Una bestia se deslizó cerca, enredando los tobillos de Firee en ilusiones de futilidad: ¿Por qué molestarse? Nunca terminarás...

Manteniéndose firmes

Cerraron filas, recordando cómo la disciplina y el ímpetu encendían la perseverancia. **Cada mago obligó a su cuerpo a dar un paso adelante**:

Reddish repitió:

—Seguimos adelante. Hemos llegado tan lejos.

Checkered fijó los ojos en Blunt: —Ninguna ilusión puede superar nuestra voluntad.

Breezie reunió una última chispa de energía:

—Nos mantenemos. No cedemos.

Mientras colectivamente se negaban a renunciar, las ilusiones se marchitaron. La pesadez opresiva se levantó. Las formas monstruosas se desvanecieron, dejando la armería de piedra en silencio.

Lucrecia Van Egmond emergió detrás de un estante maltrecho de alabardas, su cabello pálido y ojos lechosos reflejando un orgullo silencioso:

—Superaron las tentaciones de rendirse. La perseverancia triunfa donde la voluntad de continuar es probada con más fuerza. Bien hecho, queridos Arlequines.

Hizo una reverencia, y la puerta de la siguiente cámara se abrió.

La Prueba de la Lealtad
El guardián de los cuervos de la Torre

En una oxidada puerta de hierro en lo profundo del laberinto de la Torre, un guardia espectral flotaba, exigiendo credenciales.

—Nadie pasará sin el sello oficial.

Reddish sonrió astutamente.

—Podemos… improvisar. —Invocó el cambio de forma, adoptando la apariencia uniformada del propio guardia. Las ilusiones parpadearon, tratando de atraparla en esa forma, pero ella fortaleció su mente.

Deslizándose a través de la puerta, colocó **la palma sobre el sello**. Los cerrojos hicieron clic, las ilusiones temblando de furia. Rápidamente, Reddish retomó su forma normal antes de que las ilusiones pudieran bloquearla para siempre. La puerta se abrió, liberando al grupo para avanzar.

Avanzando, se encontraron en un patio más amplio ensombrecido por **la Torre Byward**.

Un Guardián de los Cuervos encorvado en uniforme raído los llamó, con cuervos posados a lo largo de un riel de madera.

—Necesito ayuda —**gruñó**—.

El cuidador de la Torre me abandonó. ¿Se quedarán a mi lado o me dejarán trabajar solo?

Truenos retumbaron arriba. La medianoche se acercaba, el tiempo se escapaba. ¿Podrían dedicar un momento a los problemas de otro?

Breezie dudó.

—Tenemos poco tiempo. ¿Es esto una ilusión o una petición genuina?

Checkered lanzó una mirada a la penumbra.

—Pero si nos vamos, fallamos en lealtad: prometimos ayudar a quienes encontramos.

Permaneciendo junto a otro

Armándose de valor, se acercaron. El guardián señaló tareas descuidadas: alimentar a los cuervos, asegurar puertas, reparar una cerca. Las ilusiones se superpusieron con vislumbres de traición: imágenes de magos pasados que se alejaron de las cargas.

Sin embargo, los Arlequines eligieron la unidad:

Blunt rellenó rápidamente los comederos, Reddish martilló tablas sueltas, Greenie calmó a los pájaros inquietos,

Todos colaboraron, negándose a abandonar las necesidades del guardián.

El sudor perlaba sus frentes, los preciosos minutos pasaban, pero se quedaron.

El Guardián de los Cuervos se transformó en el rostro suplicante de Leila.

—No abandonaré a nadie de nuevo —sollozó Greenie, sellando la prueba—. La confianza es mi fuerza ahora —respiró, victoriosa.

Cuando la tarea final terminó, el guardián levantó su capa, revelando a Paulina Tetrikus con una sonrisa ligeramente traviesa. Casi la pasaron por alto al principio, pues la cima de su cabeza apenas alcanzaba el hombro de Checkered. Baja, ligeramente encorvada y perpetuamente frunciendo el ceño, Paulina los fijó con ojos verdes tan vívidos como brasas de esmeralda. Su corto cabello negro enmarcaba un rostro que podría haber sido hermoso de no ser por la profunda arruga de frustración en su frente.

Incluso mientras hablaba, evitaba el contacto visual prolongado, como si estuviera demasiado orgullosa—o demasiado furiosa—para reconocerlos plenamente.

—Bueno, bueno... no huyeron. La lealtad significa permanecer junto a los aliados, incluso en la inconveniencia. El Duende no puede sembrar traición si su vínculo es inquebrantable.

Sin previo aviso, inclinó la barbilla hacia arriba para encontrarse con la mirada de Reddish, frunciendo el ceño hacia la chica más alta.

—Si traicionas, aunque sea a un amigo —espetó—, toda la cadena se rompe. La confianza no se repara tan fácilmente. —Luego, en el mismo aliento, se suavizó lo suficiente como para añadir—: Permanezcan cerca, o corran el riesgo de desmoronarse.

Desapareció en un torbellino de plumas. Buggie zumbó triunfalmente, guiándolos adelante.

La prueba de la Tenacidad
La escalera espiral de la Futilidad

Un arco de piedra los condujo al torreón central de la White Torre. Una escalera de caracol se enroscaba hacia arriba, aparentemente infinita, pero las ilusiones parpadeaban en cada escalón. A diferencia de las pruebas anteriores de perseverancia, aquí las ilusiones susurraban una completa futilidad: que subir más alto era inútil, que rendirse sería más fácil.

Reddish sintió un nudo en el estómago.

—¿Otra escalada? ¿Por qué ahora?

Firee hizo una mueca.

—El Duende insiste en que tarde o temprano perderemos el ánimo. Tal vez este sea su último empujón para que nos rindamos.

Ascendieron. Cada peldaño proyectaba imágenes fantasmales de ellos mismos abandonando retos pasados: dejando amigos a medio camino, volviendo la espalda a los obstáculos por puro agotamiento. Las voces siseaban:

—¿Para qué seguir? Ya basta. Nadie los culpará si se rinden…

Breezie se detuvo, sacudido por una visión en la que se desplomaba derrotado mientras las ilusiones celebraban su abandono.

—Ese no soy yo. Nunca me quedé tirado así.

Greenie posó una mano suave sobre su brazo.

—Confiamos en que sigas adelante. No cedamos tan cerca del final.

—¡No volveré a dudar! —rugió Firee, aferrándose a los peldaños interminables, sacudiéndose la pereza—. ¡La acción es ahora mi fuego!

Siempre que las visiones les mostraban resignación, otro Arlequín evocaba la tenacidad recién afinada, recordando cómo aprendieron a no ceder jamás a la desesperanza. Las apariciones se enfurecían, incapaces de quebrar la voluntad del grupo.

Escalón tras escalón, los Arlequines subieron más allá de las ilusiones, inquebrantables. Su negativa a rendirse disipó cada escenario falso de derrota.

Mentor final y Puerta

Al fin llegaron a un rellano: los esperaba una puerta de hierro negro finamente labrada.

Morpheus Rubicom apareció: altísimo, con los ojos inyectados en sangre y un temblor eléctrico recorriéndole los miembros.

—Superaron las ilusiones de la resignación total. La tenacidad es mantenerse en pie cuando cada músculo y cada pensamiento suplican abandonar. Felicitaciones, queridos Arlequines.

Con una risa inquieta, los condujo a través de la puerta, demostrando que, ante el último intento del Duende por aplastar su espíritu, su tenacidad seguía intacta.

Los cuervos de la Torre graznaron:

—¡Cuidado con el hacha, cuidado con la corona!

Sus plumas destellaban rosas Tudor espectrales, ecos de la perdición de Ana Bolena.

La inducción final

Accedieron a una cámara alta, casi en la cúspide de la Torre. El viento rugía por ventanas rotas, brindando una vista majestuosa del Londres nocturno. La Torre misma parecía cantar, su aguja atravesando el destino, su triunfo una constelación nacida del polvo de los defectos conquistados. En la distancia, el Big Ben emitía un resplandor tenue: el Orloj observaba.

En el centro, el Orloj se mostraba en su forma humana de hombros anchos y bigote erizado, los brazos cruzados con orgullo paternal. A cada lado, Thumbpee y Buggie lucían inusualmente satisfechos.

Su voz se suavizó, cálida como un hogar al amanecer:

—Han crecido, mis niños —murmuró, con un timbre que ya no era severo, sino protector—. Se han probado más allá de los Magos Maestros; esta noche se convierten en Magos Orloj.

—Sus últimas veinticuatro horas de ilusiones han terminado. Cada desafío los puso a prueba, pero salieron adelante: vencieron la codicia con generosidad, el orgullo con humildad, la insensibilidad con amabilidad, la tentación de renunciar con perseverancia y dos intentos de quiebra con una lealtad que no se tambalea.

Un remolino de luz estelar los envolvió. Runas efímeras se grabaron en sus trajes de arlequín: símbolos de tiempo y equilibrio, el sello del Orloj.

—Llévenlos con orgullo —retumbó la voz ancestral—, porque la virtud es la verdadera fuente de su magia. Ahora son guardianes de la armonía temporal. Den un paso y reclamen su rango.

Levantó las manos. Una cascada de oro líquido pareció atravesar sus almas: runa tras runa latía como campanas eternas, desatando nuevas capas de poder. Desde la lejanía, un eco apagado susurró a través del Big Ben:

—Unidad… mentiras… —el último lamento del Duende, reducido ya a sombra de lo que fue.

Los seis se irguieron: Magos Orloj, responsables de salvaguardar la frágil danza entre virtud y tiempo. Exhaustos pero exultantes, intercambiaron sonrisas incrédulas.

El Orloj inclinó la cabeza:

—Recuerden: esto no es un final, sino un comienzo. Habrá oscuridad que vuelva a probarlos. Conserven sus virtudes cerca.

Amanecer sobre el Támesis

En un último torbellino de poder, la cámara de la Torre se disolvió en luz matutina. Los seis Arlequines parpadearon al emerger junto a las puertas de la fortaleza, exhaustos pero triunfantes. El canto nítido de los pájaros cortaba el silencio:

la ciudad despertaba a un nuevo día, ajena a las ilusiones que habían retorcido la noche.

El cielo todavía oscuro se arremolinaba sobre la fortaleza, la luna proyectando luz plateada sobre los parapetos desgastados. Dentro de la cámara más alta de la Torre de Londres, Blunt y sus compañeros Arlequines —Reddish, Firee, Checkered, Breezie y Greenie— permanecían en reverente silencio: acababan de obtener el honor supremo de su travesía mágica, la Magia Orloj.

Una brisa tenue despejó los últimos vestigios de ilusión.

La Torre de Londres

Los guardianes espectrales de la Torre —cuervos y espíritus antiguos— parecían inclinar la cabeza en señal de respeto. En el centro, Kraus, el sabio anticuario que los había guiado a través de tantos giros, los observaba con aprobación en los ojos.

—Todo está en calma —susurró Checkered, contemplando las insignias recién grabadas que centelleaban en sus trajes de arlequín.

Firee tragó saliva.

—Entonces… ¿esto es todo? Somos…

—En efecto —lo interrumpió Kraus, la voz cálida de orgullo—. Ahora son Magos Orloj, guardianes de los misterios más profundos del reloj. Pero su estancia en este reino ha terminado, por ahora. El tiempo apremia: deben regresar a su mundo.

Muy abajo, los suelos de la Torre vibraban con un zumbido tenue: los últimos ecos de la magia del Londres paralelo se replegaban. Blunt echó una última ojeada al perfil de la ciudad y alcanzó a ver engranajes evanescentes girando en el cielo: un recordatorio de que el Orloj seguía velando.

Kraus apoyó la mano en las vetustas piedras.

—Debemos darnos prisa; la puerta entre mundos se cerrará pronto. Las ilusiones de la ciudad han cedido y, si se demoran, podrían quedar atrapados hasta el próximo ciclo.

Thumbpee y Buggie —los diminutos hijos del Orloj— revoloteaban en la ventana, sus siluetas aureoladas por la luz de la luna: ellos también percibían el final.

—De acuerdo —dijo Blunt, estabilizando la voz pese a la emoción—. ¿Dónde cruzamos de vuelta?

Kraus palpó una sección del muro; las piedras ondularon como agua, revelando un portal rizado en luz suave.

—No por el Big Ben esta vez: sus tutores los aguardan donde los dejaron. Este portal nos llevará a la York Minster; allí apenas habrán pasado unos minutos.

Los ojos de Greenie chispearon con una mezcla de entusiasmo y melancolía.

—Voy a extrañar este lugar —murmuró—. A pesar de los peligros, es… realmente mágico.

Kraus rió con dulzura.

—Conservan todos sus nuevos dones. Cuando el Orloj los convoque de nuevo, estarán preparados.

Así, tras una última mirada a los muros que se desvanecían bajo la luna, los seis Magos Orloj atravesaron el portal, dejando atrás las energías palpitantes del Londres paralelo.

Regreso a York Minster

El aire centelleó y tropezaron sobre el pavimento gastado de una capilla lateral en la York Minster. Los rodeaba el murmullo de la nave, el resplandor de vitrales y el delicado titilar de velas.

Justo donde se habían separado, Bart Sutton-Leigh y Antonella Cromwell-Smith —tío y tía de Blunt— seguían allí, como suspendidos en un leve sopor. En cuanto los Arlequines reaparecieron, los adultos parpadearon y volvieron en sí, entre inquietud y alegría.

—¡Blunt! —exclamó Bart, adelantándose—. Has vuelto… pero ¿cómo…?

Antonella los rodeó con la mirada, el alivio suavizando sus rasgos.

—Apenas apartamos la vista un segundo. ¿Están bien?

Blunt armó una sonrisa cansada y se acercó.

—Lo contaremos… en parte —respondió en tono suave: demasiado había ocurrido para explicarlo todo.

Reddish intercambió una mirada cómplice con Breezie.

—Estamos bien. Solo un poco fatigados, pero lo conseguimos.

El comentario casi hizo reír al grupo: "un poco" no alcanzaba a describir su maratón de ilusiones. Aun así, sabían que los adultos solo intuían que había sucedido algo extraordinario.

Kraus salió del portal el último y ofreció a los chaperones una inclinación respetuosa.

—El tiempo es caprichoso en estas catedrales —dijo con misterio—. Han vuelto ilesos, tal como se prometió.

Bart y Antonella devolvieron sonrisas nerviosas; no comprendían la totalidad, más sentían que todo estaba bien. Detrás de Kraus, el portal parpadeó y se extinguió, sellando el reino paralelo.

Los seis chicos, ahora Magos Orloj, se sintieron de pronto anclados al mundo «real». Sin embargo, bajo la piedra venerable de la catedral, percibían un rumor remoto de engranajes celestes: su siguiente aventura los llamaría cuando el Orloj marcara la hora.

Con la primera luz mañanera filtrándose por los vitrales, Blunt inspiró hondo.

—Hogar, al fin… y al comienzo.

Los demás asintieron. Sabían que su vida normal no volvería a ser la misma; llevaban dentro la música de los engranajes y el eco de las virtudes conquistadas. Y, mientras la campana mayor de la York Minster tocaba la hora, los Arlequines salieron al frescor del amanecer, listos para la siguiente página que el tiempo —y el Orloj— les reservara.

Un nuevo horizonte (en York)

La luz de la luna entraba a raudales por los altos vitrales de la York Minster, bañando al grupo en mosaicos multicolores. Los seis amigos se reunieron cerca, con el corazón henchido de logro.

—Entonces, somos… Magos Orloj —murmuró Checkered, paladeando la frase.

—Sí —confirmó Firee, con el rostro iluminado—. Cargaremos para siempre con estos poderes y responsabilidades.

Greenie se volvió hacia Kraus.

—Gracias por guiarnos —dijo.

Kraus hizo una ligera reverencia; arrugó los ojos con calidez.

—La guía era lo único que podía ofrecer. Su unidad y sus virtudes hicieron el resto.

Fuera del templo, las campanas tocaron la medianoche. Kraus miró hacia la puerta.

—Mi labor aquí concluye —añadió—. Si el Orloj los necesita otra vez, el llamado llegará.

Esbozó una sonrisa traviesa y se diluyó en los rayos de luna, dejando apenas un temblor de huellas sobre las losas antiguas.

Bart se giró hacia Blunt, con las cejas alzadas.

—Será mejor que nos movamos. Si nos damos prisa, alcanzamos el tren nocturno a Londres.

Blunt asintió.

—De acuerdo. Descansemos en el trayecto.

Intercambió una mirada cómplice con sus compañeros; todos compartían la misma certeza: algo mayor los aguardaba, pero por ahora merecían reposo.

Juntos se encaminaron a las grandes puertas de la catedral. Afuera, las tranquilas calles de York se desplegaban bajo un aire fresco. En sus corazones brillaba una serenidad profunda: la conciencia de haber tocado una magia honda, de haberse forjado como Magos Orloj.

En ruta a King's Cross

A bordo de un tren casi desierto, los Arlequines se derrumbaron en los asientos con sonrisas aliviadas. Bart y Antonella se acomodaron unas filas atrás y se durmieron apenas el vagón comenzó a traquetear.

A mitad de camino, Reddish dio un codazo a Checkered y señaló la ventana: bajo las luces intermitentes de la estación siguiente, un remolino de colores cobraba forma. Era la señora V., envuelta en sus bufandas ondeantes, haciéndoles un gesto cómplice. Ningún otro pasajero pareció notarlo: en segundos la visión se disolvió en la bruma del amanecer, dejando a los seis conteniendo la risa: ilusiones reservadas solo a los Magos Orloj.

Amanecer sobre Londres

El tren llegó a King's Cross justo cuando clareaba el cielo. Los Arlequines, junto con Bart y Antonella, descendieron al andén, exhaustos pero exultantes. El trino de los gorriones cortaba la quietud: la ciudad despertaba, inconsciente de las retorcidas ilusiones de la noche anterior.

Sus padres y tutores se precipitaron hacia ellos con un coro de alivio. Para la mayoría, era la primera visión de los chicos desde aquella despedida angustiosa; apenas habían sentido transcurrir el tiempo, pero la preocupación les había pesado como si fueran horas.

—¡Cielos, se ven… distintos! —susurró una madre antes de abrazar a Breezie con fuerza.

—¿Están heridos? ¿Qué sucedió? —preguntó el padre de Firee, aferrando los hombros de su hijo.

Mientras se armaba un improvisado reencuentro, Checkered rodeó a su madre con un nuevo aplomo; Reddish recibió una palmada paternal en la espalda; los padres de Greenie limpiaron discretas lágrimas de orgullo. Firee estrechó la mano de su padre en un gesto de sosiego. Los adolescentes sintieron entonces un remolino de gratitud: aquellas personas habían confiado en ellos sin entender las profundidades del viaje.

Breezie, Greenie, Reddish, Firee y Checkered intercambiaron una sonrisa radiante con Blunt: el vínculo de la Magia Orloj centelleaba en cada mirada.

—Estamos bien —susurró Checkered, volviendo a abrazar a su madre—. Mejor que bien, de hecho.

En medio del hervidero familiar, Bart y Antonella soltaron un suspiro unísono; quizá jamás comprenderían los pormenores, pero en aquel andén bañado por el alba el amor y el alivio eclipsaban cualquier pregunta.

A través del cristal de la marquesina, un cuervo se posó en una farola lejana. Por un instante sus ojos reflejaron la esfera del Orloj antes de alzar el vuelo: un guiño del destino a los nuevos guardianes del tiempo.

Durante los días siguientes cada Arlequín se dispersó a su hogar. Blunt sintió, al cruzar el Atlántico rumbo a Boston, cómo el zumbido del Orloj vibraba aún en su pecho, prometiendo que la próxima campanada los reuniría de nuevo.

Boston, Massachusetts (otoño de 2034)

Un viento fresco barría las viejas calles de la ciudad y hacía crujir las hojas doradas sobre los adoquines. En un patio apartado, frente a una biblioteca histórica, dos figuras encapuchadas conversaban en voz baja; la impaciencia se delataba en su porte.

—Se rumorea que vendrán aquí —murmuró la primera, la voz amortiguada por la capucha—. Los Arlequines. Entre ciertos círculos corre la palabra: los elegidos del Orloj son imparables… a menos que, claro, los interceptemos antes.

Una risa ronca resonó en el patio crepuscular.

—La vieja magia de Boston hierve en estas piedras. Si intentan otra búsqueda, no escaparán.

A medio camino de la ciudad, en un café atestado junto a Beacon Hill, Blunt Cromwell-Smith colgó el teléfono tras una breve llamada con Reddish. Contempló un mapa maltrecho de Massachusetts clavado en la pared: las curvas de la costa y los viejos cuentos populares garabateados en los márgenes atraían su mirada. Sintió el leve tirón del Orloj, tenue pero insistente.

«¿Otro enigma, quizá otra amenaza?»

Suspiró, recordando cómo cada reloj oculto de las ciudades visitadas había revelado capas más hondas de ilusión. Coraje, generosidad, humildad… todas las virtudes podían ponerse a prueba de nuevo.

Se guardó en el bolsillo una llave arcaica —regalo final de Kraus— y sonrió. Su tía y su tío bromeaban con que "se asentara" un año en Boston, pero las bibliotecas antiguas y las referencias confusas a puertas mágicas recién descubiertas le decían que lo normal no duraría.

Fuera, el sol se hundía tras los campanarios coloniales, pintando el cielo de rosa y oro. Blunt salió a la calle; la insignia de Mago Orloj palpitó bajo la chaqueta. En algún rincón del laberinto de callejuelas y túneles de la ciudad lo esperarían nuevas ilusiones. Estaría listo; todos lo estarían.

Con una sonrisa decidida, se adentró en el crepúsculo otoñal, sintiendo el zumbido tenue del Orloj en cada bocanada de aire fresco: el siguiente capítulo apenas comenzaba.

Instituto Central de Artes y Literatura

(otoño de 2058)

Las últimas líneas de la narración de Erasmus se deshicieron en el silencio del auditorio. Quinientos estudiantes —más los asistentes de realidad virtual— permanecían hipnotizados, digiriendo la extraordinaria crónica de ilusiones y virtudes libradas décadas atrás en Londres.

En el escenario, el profesor **Erasmus Cromwell-Smith II** exhaló despacio y dejó a un lado sus notas. Su traje de tweed burdeos centelleaba bajo el reflector. Por un instante guardó silencio, igual que él y sus amigos lo habían hecho al erguirse victoriosos en la Torre de Londres.

Un murmullo de aplausos se propagó. Desde la última fila alguien gritó:

—¡Increíblemente genial!

Toda la sala estalló en risas. Erasmus sonrió: aquella frase había cerrado cada búsqueda del Orloj.

—Gracias —dijo, proyectando gratitud—. Han caminado conmigo por ilusiones, traiciones y triunfos. En Londres, mis compañeros y yo superamos la Maestría Mágica y asumimos responsabilidades que jamás imaginamos.

Ajustó las gafas; un destello nostálgico templó su voz:

—Pero aquello no fue el final. Ni de nuestro legado ni de la vigilancia del Orloj.

El rumor entre los estudiantes mezclaba expectación y asombro.

—Verán —prosiguió, con un guiño cómplice—, el Orloj posee muchas caras. Con el tiempo nos llamó a un nuevo reino… irónicamente, mucho más cerca de mi hogar de lo que cualquiera habría creído.

Hizo una pausa dramática, comprobando el reloj: siete minutos de rigor pasados de la hora. El auditorio quedó en vilo.

—Ese —concluyó, los ojos chispeando— es un relato para el semestre próximo. Gracias por acompañarme en este capítulo londinense. Que sus corazones se mantengan abiertos a ilusiones y virtudes: suelen aparecer donde menos se espera.

Se apartó del podio entre ovaciones. Las luces se elevaron y los monitores de VR se inundaron de mensajes de agradecimiento. El bullicio de fin de clase estalló, pero una sensación de maravilla persistió.

En la puerta lateral emergió **Lynn Tabernaki**, medio divertida, medio curiosa. Se situó junto a él mientras cerraba su maletín.

—Así que los dejaste colgados otra vez —bromeó.

Erasmus soltó una carcajada.

—Algunas historias merecen ser saboreadas, amor mío.

Compartieron una sonrisa secreta. Con unos últimos saludos a los estudiantes que se disipaban, ambos cruzaron las puertas rumbo a la fresca noche californiana.

Epílogo: Cabaña en Escocia

(más tarde aquel otoño)

La niebla se posa sobre los escarpados acantilados de la isla de Skye, reflejo casi exacto del silencio que invade el acogedor salón de la cabaña.

El profesor **Erasmus Cromwell-Smith II** y **Lynn** han regresado para un breve respiro; la chimenea crepita suavemente en la penumbra.

Afuera, el viento silba entre las colinas cubiertas de brezo y replica los gritos solitarios de las aves marinas. Dentro, Lynn sorbe té y contempla, con afecto ya aprendido, la expresión pensativa de Erasmus. Sobre la mesa reposa un mapa ajado de Boston, bordes enrollados por el uso.

—Entonces… —aventura Lynn, señalando el margen repleto de anotaciones—. ¿Boston, otra vez?

Erasmus asiente despacio y desliza un dedo por una antigua dirección marcada en pleno corazón de la ciudad.

—Siento que la magia del Orloj se agita allí, algo más viejo que los adoquines, algo que vuelve a llamar.

Lynn deja la taza; la emoción chispea en su mirada.

—¿Y crees que tus viejos amigos Arlequines acudirán también?

—Seguimos en contacto —responde Erasmus con serena certeza—. Ellos perciben vibraciones: señales de que las ilusiones despiertan en mi tierra natal.

Le asalta el recuerdo de la Torre de Londres: Bart y Antonella abrazándolo al regreso, convencidos de que sólo habían pasado minutos. Y aquel instante luminoso en que se convirtió en Mago Orloj. Intuye que, algún día, el Orloj volverá a necesitarlos.

—Ha llegado el momento —musita, aclarándose la garganta—. Debo averiguar si la ciudad que me crio, donde mi padre me lo enseñó todo, será el próximo escenario de ilusiones y virtudes. Sospecho que el Orloj nunca cierra del todo sus ciclos con nosotros.

Se incorpora y camina hasta la ventana: la luna platea el Atlántico inquieto. Por un segundo, el reflejo sobre el cristal se convierte en un torbellino de engranajes, igual al que una vez vio en el Big Ben.

—Aún no hemos terminado —comenta Lynn, acercándose, la mano entrelazada con la suya—. ¿Listo para otro salto a tu pasado mágico?

Él sonríe; el pecho le vibra entre anticipación y un leve cosquilleo de cautela.

—Diría que sí. Veamos a dónde nos conduce el Orloj.

Se sienta, despliega un cuaderno y anota:

«Las ilusiones envuelven cada era: la codicia se disfraza de oro, el orgullo se proyecta en pantallas; aun así, las virtudes vuelven a atravesarlas, tal como hicieron por nosotros. Son la luz de quienes buscan.»

Fuera, una ráfaga golpea la vieja puerta, como si pidiera paso. Más allá de los acantilados, el horizonte oceánico promete viajes nuevos, reales y mágicos. Erasmus deja que la pluma trace una última verdad:

Las virtudes florecen donde las ilusiones se desvanecen, un legado grabado en el tierno latido del tiempo.

Palabras de despedida del autor

Hemos cruzado el último umbral en un lugar donde se creía que **no** existía un gran reloj astrológico y, sin embargo, descubrimos más ilusiones que en todas las búsquedas anteriores juntas. El Orloj oculto de Londres puso a prueba cada virtud que los Arlequines habían reunido: **humildad, lealtad, respeto, generosidad, perseverancia** y muchas más. Allí, las ilusiones se convirtieron en reflejos íntimos de sus propias dudas, de modo que cada triunfo quedó anclado en la unidad del grupo.

Ahora el gran ciclo se cierra, pero el espíritu del reloj nunca concluye del todo. El tiempo sigue girando; las ilusiones se alzarán de nuevo; la sombra del Duende —o nuestros propios defectos— puede acechar todavía. Sin embargo, tú, querido lector, has contemplado cómo estos magos superaron cada prueba moral. Ten coraje: cuando surja el próximo desafío, recuerda el regalo definitivo del Orloj. Con las virtudes claras a nuestro lado, podemos derrotar incluso las ilusiones más implacables.

— Erasmus Cromwell-Smith II

Índice de Poemas y Fábulas

Nota: Los capítulos 6 y 9 presentan "fábulas" de apariciones fugaces provenientes de clásicos infantiles o referencias a Shakespeare, pero no incluyen poemas o relatos completos en el mismo sentido.

Sobre el autor

Erasmus Cromwell-Smith II es un escritor, dramaturgo y poeta norteamericano. La serie El Orloj se ha diseñado a través de una inmersión introspectiva muy intensa e íntima en las propias experiencias de vida y sabiduría del autor.